Opal
オパール文庫

二度と君を離さない
堅物社長は敏腕秘書の
すべてが好きすぎる

玉紀 直

プランタン出版

※本作品の内容はすべてフィクションです。

プロローグ

「君を手放したことを、後悔している」

信じられない言葉を聞いた。

明石《あかし》涼楓《すずか》は、それを口にした本人を凝視する。

切れ長でシャープな目元、芸術的な横顔に見惚れぬ者はいないだろうと感じるほどに整った鼻梁、形のいい唇は苦しみを表すように引き結ばれ、テーブルの上で組まれた両手の指に力が入っている。

ランチタイムもすぎた小さな喫茶店。どこかレトロな雰囲気を感じさせる店内は、カフェというよりも喫茶店という呼称がぴったりだ。

カウンターに客が数人いる他は、壁側の奥まった席に涼楓が彼——近衛《このえ》京志郎《きょうしろう》と向かい合って座っているだけ。

四ヶ月半ぶりの再会。品のいい三つ揃いのスーツに身を包んだ彼は相変わらず素敵だ。初めて京志郎を知った四年前から、凛々しい男前で男性的な美しさを感じる人だと見惚れることが多かった。

京志郎は涼楓の八つ年上で三十五歳。海外にも自社ブランドを持つ大手玩具メーカーの社長である。

そして、入社したときからずっと、涼楓が恋焦がれ続けた男性だ。

涼楓は京志郎の秘書だった。電撃退職をしたのだ。理由は——寿退社である。

「あのとき君の退職を許すべきではなかった。非常識と言われてもいいから、引き止めるべきだった」

「しゃ……社長」

眉を寄せ苦しげな京志郎など、秘書として彼のそばにいたあいだ見たことがあっただろうか。男らしい表情は頭にこびりつくほど見ていたが、そこに苦しみが混じるとなんともいえないない感情があふれてくる。

（いいですね！　苦悩に歪む御尊顔、最高です！　グッジョブです！　わたし、久々の幸福感でいっぱいです！　ありがとうございます、社長っ！）

申し訳ないと思いつつ心で両手を合わせ、感謝を表す。恋焦がれる人の普段は見せないレアな表情というものは、なぜこんなにも胸が熱くなるのだろう。

（やっぱり素敵。感動で泣きそう……）

そう思ったとたん、本当に涙腺がゆるんできた。

「結婚する君に、あんなことをしてしまった。けれど君を知れたことに後悔はない。後悔しているのは……」

京志郎の言葉が止まる。涼楓の頰に涙が伝いはじめたからだ。

「あっ」

自分のことながら、泣いてしまったことに気づくのがワンテンポ遅れた。顔を伏せようとしたが、身を乗り出した京志郎に顎を押さえられ動かせなくなる。

「……後悔しているのか？　あの日のことを」

「わたしは……あの……」

「君が悔いることはない。責任は俺にある」

（違うんです、社長ぉっ！）

涼楓が泣いてしまったのは、退職を告げたあの日の夜を思いだしたからだと、京志郎は思っている。

だが違うのだ、涙が出たのは、恋焦がれた彼が以前と変わらず素敵すぎて感動したからに他ならない。タイミング的に無理はないにしても、京志郎の思い違いである。

しかし涼楓には「社長が好きすぎてつらいんです！」と言える勇気などない。それじゃなくてもあの夜のことを引きずっているのに。

（そうか、社長は、あの夜のことを気にしてるんだ。わたしが結婚するのにあんなことしちゃったから……。それで後悔してるって……）

責任を感じているのかもしれない。京志郎は情に篤い男性だ。それだから、涼楓の結婚相手が他界したと聞きつけて、こうして会いにきてくれたのではないのか。

（駄目……社長を悩ませちゃいけない。苦しめちゃいけない。だって、社長は……綺麗なお嬢さんと結婚するんだから）

顎を押さえる京志郎の手をそっと外し、涼楓は静かに立ち上がる。

「わたし、あの夜のことを後悔したことはありません。ですから、社長も気にしないでください。わたしは大丈夫です。弟たちも助けてくれるし、これから、しっかり自分の足で歩いていきます」

泣き声になりそうだった。それに堪え、自分のアイスコーヒー代をテーブルに置きながら涼楓はゆっくりと頭を下げる。

「ありがとうございます。社長にお会いできて、嬉しかった。――お元気で」

顔が上がる前に席を離れ、一目散に喫茶店を出る。

これ以上京志郎の顔を見ていたら、京志郎の存在をそばに感じていたら、優しい言葉をかけてくれる彼の気持ちに甘えてしまう。

（なんでこんなに好きになっちゃってるんだろう、わたしの馬鹿あああ！！！！）

断ち切りたいのに断ち切れない京志郎への未練を引きずりながら、涼楓は速足で歩いていく。

なんでこんなに好きかなんて……。考えたって、わからない。

気がついたら好きになっていたのだ。

初めて見たときから。

あの衝撃的な、入社式のときから——。

第一章　不器用な初恋

「皆さんの入社を、歓迎いたします。ようこそトイチュウへ」

その瞬間、心の中に春の嵐が吹き荒れた。

壇上に立ったひとりの男性。その姿が、声が、視線が、涼楓の感性を魅了したのだ。

大学を卒業して、緊張のなか臨んだ入社式。

株式会社トイチュウは、海外にもオリジナル人気ブランドの子会社を持つ、大手玩具メーカーだ。

社長挨拶で登壇したのは、社長、と呼ぶには若すぎる印象の、三十歳前後とみられる男性だった。

「社長、若っ。かっこいい〜」

「あれ？　もっと歳いった人じゃなかったっけ？」

「今年から新しい社長になるって聞いたよ」

「すっごいイケメン」

もちろん、心を奪われたのは涼楓だけではない。

あちらこちらから聞こえてくるのは好意的な囁き声。小声で発せられる歓喜の悲鳴。慌てて入社式のパンフレットをめくり、社長のプロフィールが載っていないか探しはじめる者たちもいる。

若く凜々しい社長から、男も女も関係なく、新入社員たちは目が離せなくなっていた。

しかし周囲の騒がしさも一瞬で終わる。近衛京志郎社長の言葉を、誰もが一字一句逃すまいと耳を向け姿勢を正したからだ。

声や話しかたに説得力がある。それにより雑多なものを捨てさせ、自分に集中させる存在感がある。

入社式はスマホの持ち込みが禁止だった。文句を言っている者もいたが、涼楓は式典なのだから当然だと納得していたというのに。

それなのに今は、近衛社長の姿と声を撮っておきたかったと悔やまれてならない。

(この人のそばで働けたら、どんなにいいだろう)

そんなことを考えてしまうなんて、自分でも予想外だった。

社長挨拶が終わり、プログラムは辞令交付へと続く。

トイチュウは新入社員が多いので、代表が交付を受ける。辞令交付を受ける代表は、入社試験の際に女性の中でトップだった者が担う。

ちなみに男性の中でトップだった者は、次のプログラムである、新入社員決意表明を担当する。

『新入社員代表、明石涼楓』

「はい」

名前を呼ばれ涼楓が立ち上がる。にわかに周囲がざわつき視線が集まった。入社試験トップの社員となれば、当然注目される。

このときほど、真面目に勉強してきてよかった、女性に生まれてよかった、と感じたことがあっただろうか。

新入社員決意表明は登壇してから答辞を読むだけだが、辞令交付は代表して社長から辞令を受け取れる。

つまり、新社長と接した新入社員の第一号になれるということだ。

先ほどまで穴が開くほど社長の顔を見つめていたというのに。壇上でいざ正面に立つと、反対に社長のほうから視線を向けられ恥ずかしくなってきた。

(どうしよう、まぶしくて、顔が見られないっ)

だが、あからさまに目をそらしたのでは失礼にあたる。涼楓はわずかに視線を落とし、

さりげなく口元を見る。

あいまいな視線だが、この程度ならば他からも相手をしっかりと見ているように見えるので、非礼にはあたらないだろう。

社長の口が小さく動く。

（え……？）

マイクが音を拾わない。それだけ小さな声、しかし、目の前にいた涼楓にだけはその声が聞こえた。

「俺も緊張する。君と同じ」

とっさに視線が上がった。

そこで見てしまったのは、凜々しい男性がほんのわずかにはにかむ表情。

胸の奥が撃ち抜かれた気がした。

その衝撃は今まで感じたことのないもので、涼楓はひどく戸惑った。

脈が速くなって体温が上がる。恥ずかしくて見られなかったはずなのに、今度は社長の顔から目が離せなくなった。

辞令が読み上げられる。涼楓は秘書課勤務だ。

入社前に新人研修があり、最終日に部署希望を出した。秘書課に希望を出していたので、それが通ったことになる。

辞令を受け取り席へ戻ると、周囲の女子たちからこそっと声をかけられた。

「近くで見た社長、どうだった？」

「いいなぁ、かっこよかった？」

「なんか、近寄ったらいい匂いがしそうだよね」

いい匂い……のあたりはよくわからないが、近くで見た感想を聞きたくなる気持ちはわかる。なんといっても男性の容姿になど興味を持ったことのない涼楓でさえ、目を惹かれてしまった男性だ。

しかしいくら浮かれていても、入社式でのおしゃべりは厳しくチェックされているという話も聞く。

かといってなにも言わないのも印象が悪いし、なにか言って盛り上げてしまったら、彼女たちが上役から目をつけられるようなリアクションをとってしまうかもしれない。

涼楓は意味ありげに周囲に視線を這わせ、こそっと、力強く親指を立てる。

興味津々だった女子たちはその意味を悟ったらしく、小さくうなずいて背筋を伸ばし前を向く。

（よかった、伝わった）

きっと彼女たちは「バッチリいい男でしたっ。でもどこで上役が見ているかわかりませんから気をつけましょう」と言いたかったのを、なんとなくでもわかってくれたのだ。

（念願の秘書課配属だし。頑張って、いつか絶対に役員秘書になるんだ）

涼楓の目標は役員秘書。できれば重役秘書になること、である。理由はひとつ、役員秘書や重役秘書になると手当ての内容が変わってくるので、普通に秘書課のOLをやっているより給与が格段に違う。

家族のために、しっかりと働かなくてはならない事情がある。頑張らなくては。

壇上では、新入社員の決意表明が行われている。男性トップ入社の社員が、身振り手振りを加えて熱弁をふるっていた。

本気なのかウケ狙いなのか判断しがたいものの、周囲はクスクス笑っている。入社式開始直後の会場に満ちあふれていた緊張感が消えている。おそらく彼はエンターテイナーなのだろう。

誰もが壇上に目を向けるなか、涼楓はさりげなく役員席へ視線を流す。

近衛社長は壇上ではなく新入社員の席を見ていた。まるでひとりひとりを確かめるよう、ゆっくりと顔が動いている。

ふと、目が合ったような気がして視線を前に戻す。ちょうどエンターテインメントが幕を下ろしたところだった。

ところどころで笑いと拍手が起こっている。人を楽しませることができるのは一種の才能だと思う。処世術としてそれができる人が、涼楓はちょっと羨ましい。

——入社式が終わり、配属された部署へ移動した。

秘書課には涼楓ともうひとりが配属になる。なんと辞令交付のあとに話しかけてきたうちの一人だった。

「さっきはありがとうねー。はしゃいじゃったけど、怖い上役に目をつけられたらいやだもんね」

手を合わせて明るくお礼を言う彼女は「いい匂いがしそうだよね」発言の主だ。彼女は涼楓の両手を握り、上下にぶんぶんと振った。

「あたし、牧村《まきむら》やよい。よろしくねっ、なかよくしてねっ」

「よ、よろしく。わたしは……」

「知ってるよぉ、明石涼楓さんでしょう?」

「名前……」

なぜ知っているのかと感じた矢先に思いつく。辞令交付の際に名前を呼ばれているし、壇上でも社長に辞令の名前を読み上げられた。

「でもすごいね、頭いいんだね。すごい人とふたりで秘書課なんて、うわーどうしよ、怖いけどよろしくね」

「よろしく、牧村さん」

とても人懐っこい印象の人だ。同期がいい人でよかった。おまけに、かわいい。

ふわっとした丸みのある内巻きのミディアムレイヤー。目がパッチリと大きくて、なんといってもぽってりとした唇が魅力的だ。

社長の匂いについて尋ねていたが、彼女のほうがとてもいい香りだ。香水かなにかだろうか。式典のときには気づかなかった。

女性らしさを感じさせる人がそばにいると、急に自分が心配になる。身だしなみには気をつけてきたつもりなのだが……。

切りっぱなしでも、まとめればそれなりに整って見えるミディアムストレート。実際今日もうしろで一本に束ねているだけだ。

それでも今日は、入社式だからと弟たちが気を使って買ってくれたヘアカフを着けてきたので、いつもよりは髪型に華がある……と思いたい。

身長、一六〇センチ……あるかないか。突出してスタイルがいいわけではないが、そこそこに出るところは出て引っ込むべきところは引っ込んでいる、……と思うので、悪いほうでもないだろう。

とはいえ、リクルートスーツの延長のような服装では、そんなものはわかりにくい。

大学生時代も、それほどがっちりメイクをするほうではなかった。いつもよりはしっかりとメイクをしてきたつもりでも、しょせんは時短メイクの域を出てはいない。

秘書課のオフィスはメイクもスタイルもバッチリな女性社員がいっぱいで、涼楓の心に場違い感の風が吹き荒れる。

（駄目だ！　くじけるな、わたしっ！）

自分に渇を入れ、やよいとともに笑いあう。ひとまず、新しい環境で仲良くなれそうな同期に出会えたのは運がいい。

その後は秘書課内で自己紹介をし、やよいとふたり、指導役の先輩から仕事内容についての説明を受ける。入社前に研修期間があったおかげで、社内の施設はほぼわかるし仕事内容も頭には入っているが、実践はこれからだ。

ほぼ資料読みで一日が終わりそうな時刻になったころ、涼楓は外出から戻った課長に呼ばれ、一緒に社長室へ行くことになった。

（どうして社長室……？　わたし、入社式でなにか失礼なことした？　穴が空くほど眺めていたことかな⁉）

ネガティブな思考しか浮かんでこない。入社初日なのに、自分はどうなってしまうのだろうという不安でいっぱいだ。

「そんな深刻な顔しなくていいよ。社長、顔は怖いけど、いい人だから」

道すがら、並んで歩く課長が気楽に笑う。社長室に行くという事実に緊張でガチガチになっている涼楓とは違い、おっとりとした人だ。

それも当然、課長は社長秘書である。

社長は先月まで専務だったそうで、課長は専務時代から秘書を務めているらしい。

秘書課の先輩たちと話していて社長の話を聞いたが、秘書課の女子課員のほとんどが専務秘書になりたかったそうだ。

無理もない……。

その専務が社長になるということで、社長秘書を狙えるチャンスかと思いきや、課長がそのまま秘書に収まってしまった。

おっとりしていて憎めない課長だけに、誰も文句を言えなかったのだとか。

「社長、失礼いたします。秘書課新入社員の明石さんをお連れいたしました」

課長がにこやかに社長室のドアを開け、涼楓を通す。そのあと自分は入室しないままドアを閉めてしまった。

「ええっ!?　課長っ!?」

あまりの驚きに、振り向いて声をあげてしまう。

(どうして!　なんで!　わたしをひとりにしないでください、課長!!)

「明石涼楓さん」

激しい動揺は名前を呼ぶ声に窘められる。顔を向けると、窓側の大きなプレジデントデスクに入社式で涼楓の感情を揺さぶった近衛社長がいる。

「そんなに慌てなくてもいい。入社したての女の子が社長室でふたりきりにされるのが怖いのはわかるが、君が警戒するようなことは起こらないから安心しなさい」

「は、はいぃ……」

というか、そこまでは考えていなかったし、怖いというわけでもない。

「お言葉ですが、社長……」

涼楓は気を取り直し、頽れかかった姿勢を戻して直立する。

「社長は真面目で誠実な方と伺っております。また、社内コンプライアンス事例を見ましても、セクハラやパワハラなどの発生報告は見受けられません。さすがは無垢な子どもたちに玩具を届ける企業だと、社内環境のクリーンさに感動するばかりです」

「君は真面目で物事には真剣に取り組むと聞いている。たった一日で、ずいぶんと社内事情を習得したようだ。さすがは入社試験総合トップだと、機転の速さに感心するばかりだ」

似た言葉で褒め返されてしまった。ふざけているわけではないと思うが、褒められたからにはお礼を言ったほうがいい。

「ありがとうございます。社長にそんなふうにおっしゃっていただけるなんて。仕事にハリが出ます」

「こちらこそ。褒めてくれてありがとう。社内環境に関しては専務時代から取り組んできた。就活で多くの企業を探求しただろう君に、そう感じてもらえるのは光栄だ」

入社式のときも思ったが、本当にハリと深みのあるいい声だ。本人は大きな声を出しているつもりはまったくないのだろうが、広い社長室全体に、そして涼楓の心の中にガンガン響いてくる。

入社式で目の前に立ったときよりも社長の存在が沁みてくる。自分でも不思議なくらいだ。どうしても忘れられないものが、ずっと頭に張り付いているからかもしれない。

――――俺も緊張する。君と同じ。

これだけ声にハリのある人が、マイクが拾えないくらいこっそり囁いた言葉。

そして、わずかにはにかんだ表情。

意外性というかギャップというか。

こんなにも凜々しくて、男前で美丈夫なのに。

見るからに誠実さと厳格さを併せ持ち、冗談など口にしたことがなさそうで。

そんな近衛京志郎社長が、あんな表情をして「緊張する」などと……。

(なにっ、この多幸感!!)

それを知っているのは涼楓だけ。なんて素晴らしい気分なのだろう。

「そこで本題なのだが」

社長が切り出し、ハッとする。いつまでも浸っている場合ではない。社長は涼楓になにか用があるから、秘書に命じてつれてこさせたのだろう。

「そんなに離れているのもなんだから、もう少しこちらに来なさい」

「はい。では、失礼いたします」

気分はお殿様に「近う寄れ」とお許しをいただいた平民である。涼楓は背筋を伸ばししゃきしゃきと歩を進める。

「そんなに構えるほどのことでもないのだが。実は君に、俺の第二秘書についてもらおうと考えていて……」

「だ、第二秘書っ⁉」

あまりにも衝撃的な言葉に涼楓の歩調は速まり、社長のデスクに両手をついたうえに声を張ってしまった。

そしてなんたることか身を乗り出して社長に詰め寄っている。それに気づいた瞬間、サアッと血の気が引く音がして慌ててデスクから離れた。

「すみません！　つい動揺いたしましてっ！」

明石涼楓、一世一代の失態。予想外すぎる抜擢に感情と理性が入り乱れる。

心臓がバクバクいっている。先ほどの言葉は聞き間違いではなかっただろうか。もしくは幻聴ではなかったか。

社長が固い表情でゆっくりと立ち上がる。あまりにも動揺して見苦しいと叱責されるのでは。そんな予感に冷や汗が出る。

が、社長はその表情のまま両手を軽く身体の横で広げた。

「動揺してしまうときには深呼吸だ。ほら、大きく吸って」

「は？　はい」

よくわからないままに社長と一緒に深呼吸をする。三回ほど繰り返すと鼓動は落ち着き焦燥感もどこかへいっていた。

「落ち着いたか？」

「はい、ありがとうございます。社長が誘導してくださったおかげです」

「気持ちの乱れには深呼吸だ。呼吸が整えば心も整う」

「社長も……慌てそうなときはするんですか？　というか、社長が慌てるところなんて想像ができませんが」

「入社式で登壇する前に深呼吸はした。心臓がばくばくしていたので」

「……ばくばく」

何気なく口に出し、次の瞬間、表情筋がゆるみそうになるのを察する。涼楓は奥歯を噛み締めてそれに堪えた。

（ばくばく!?　ばくばくってぇ!?　そんな真面目なお顔で『心臓がばくばく』なんてかわいい言いかたをされた日には、わたしの心臓がばくばくします！）

先ほど涼楓も〝バクバク〟したが、それとはイントネーションが明らかに違う。簡単に言うと、かわいいのだ。

ふわっとした、かわいらしい〝ばくばく〟なのだ。

せっかく落ち着いた鼓動がまたもや騒ぎ出す。胸の奥では鼓動とは違うなにかが跳ねている気がした。

「話を戻すが、第二秘書の件、異存はないかな」

すごい話をされてしまったのを思いだす。社長に〝ばくばく〟している場合ではない。

涼楓は改めて姿勢を正す。

「大変光栄です。ですが、わたしは今日入社したばかりで、なぜいきなりそんな大役のお話をいただけるのかがわかりません。もしかしたら入社試験の結果や研修中の成績を見てお考えくださったのかもしれませんが、試験ができたからといって、実践でお役に立てると無責任に断言はできませんし……」

「それだから選んだ」

涼楓の言葉が止まる。代わりに社長がデスクを回り、ゆっくりと近づいてきた。

「君は今、入社したばかりだと言った。俺も同じ、社長という立場になったばかりだ。思うに、君は厚い壁にあたっても機転を利かせて打破していくタイプだろう。厚ければ厚いほど、頭を働かせて最適解を見つけていく。決して逃げない。そんな頼もしい新人がそばで頑張っていると思えば、俺の志気も高まる」

ずいぶんと褒められてしまった。しかし、逃げないというのは当たっている。約二十三年間、逃げないように生きてきた。

――十歳のときの苦難からだって、逃げなかった……。

「立場としては第二秘書だ。第一秘書の補佐がメインの仕事になる。もちろん第一秘書の仕事もできるようになってもらいたい」

「第一秘書の仕事も……」

すぐには無理かもしれないが、第一秘書の仕事もできるようになれば。直接社長と仕事ができるということだろうか。

(社長と一緒に……)

トクンと胸が高鳴る。

入社式で彼を見たとき、一緒に仕事ができたらと考えた。秘書課で仕事をしていれば、そのうちなにか機会があるかもしれないと見果てぬ希望を抱いた。

それが、努力次第で現実のものとなる。

涼楓は唇を引き結ぶ。改めて直立し、社長をしっかりと見据えた。

「やります、ぜひ、やらせてください」

口に出してしまったからには後には引けない。決意を込めて応じた涼楓に、社長は握手の手を差し出す。

「よろしく頼む」

「はい」

　少しでも躊躇すれば、この手を取れない。迷う前に手を出すと、大きな手がしっかりと迎えてくれた。

（……社長の手、意外と柔らかい？）

　大きくてがっしりとした男らしい手だと思ったのに、柔らかくてあたたかい。——胸の奥が、きゅんっと絞られる。

「今度はちゃんと目を見ているようだ」

「はい？」

「辞令交付のとき、俺の顎を見ていただろう。涼しい顔だったが緊張しているんだなとすぐにわかった」

「あ……、気づかれていましたか」

　気づかれないようさりげなくやったつもりだったのに、無駄だったようだ。

　……もしやあのとき「俺も緊張する。君と同じ」という声をかけてくれたのは、涼楓が緊張しているのを悟ったからではないか。

（優しい人……）

　一見、厳しくて失敗など論外と言いそうな印象さえあるのに。社長はきっと、人を気遣える素晴らしい心根の持ち主なのだ。

おまけに思いがけずかわいい雰囲気の言葉は使うし、予想外の表情は見せるし、今度はいつそんな社長を見られるかと涼楓の胸は密かに躍る。

「頑張ります。よろしくお願いいたします」

この人の役に立てるよう、頑張ろう。

近衛社長に、頼ってもらえるような秘書になろう。

大いに自分を鼓舞し、涼楓の社会人生活は幕を開けたのである。


社会人一年目。

社長第二秘書として、必死に頑張った。

社会人二年目。

専務時代からの秘書だった秘書課課長が定年退職してしまい、涼楓が正式な社長秘書になった。

第二秘書時代、課長にみっちり仕事を教えられたので慌てることもない。第二秘書のポストは空くが、しばらく補充の予定はないとのことだった。

「補佐がいなくても、明石さんは優秀すぎて仕事が速いから」

というのが推重する近衛京志郎社長のお言葉である。

そんなことを言われたら張りきらずにはいられない。涼楓は入社二年目にして「完璧社長の完璧秘書」とまで囁かれるようになった。

三年目、四年目と過ぎ、――入社五年目の、初夏のころ。

株式会社トイチュウ、本社ビル上層階の会議室では新商品の初動売り上げ報告が行われていた。

教育に力を入れている子ども園とタイアップした知育玩具商品の売れ行きが伸びている。いい報告ができるせいか、担当者たちもホクホク顔だ。

「ゴールデンウィーク中に販売店などで打ったプロモーションも好評です。幼児を対象にしたものに関しては特に祖父母の関心が高く――」

張り切る明るい声を聞いていると涼楓も気分がいい。好調なのはもちろんだが、担当者たちの顔が生き生きしている。

(仕事が上手くいってるんだから、嬉しいよね。わかるわかる。好調ですって社長に言えるのは、もっと嬉しいよね)

会議の進行を見守り、笑みが浮かぶ。ちらりと京志郎の様子を窺うと、彼も慎重な面持ちで資料を見つめていた。

(社長も機嫌よさそう。よかった)

それを感じるとさらに嬉しくなってしまう。

担当者たちにも京志郎の気持ちが伝わっている……と思ったが、端の席に着いている若い男性社員が蒼白になって表情を固めている。

腹痛か、トイレでも我慢しているのだろうかと勘繰るが、彼がこの春入社したばかりの顔であることを思いだし、理由を悟った。

（そうか、社長の表情が動かないし、無言だし、むしろ厳しい顔をしているように見えるから機嫌が悪いと思ってるんだ）

それなのに先輩や上司は張り切って報告をしている。いつ社長から叱責を受けるかとビクビクしているに違いない。

（大丈夫ですよー。売り上げがいいっていう報告なんですから怒りませんよー。むしろ社長はご機嫌です。お顔が凛々しすぎて通常の顔が厳粛すぎるだけですー。怒りそうなときは、もっと怖いですよ）

心の中で新人君を励ます。

（むしろ、入社して二ヶ月ちょっとしか経っていないのに報告の場に同席させてもらえるなんて、あなた、期待されているんですよ。よかったですね。頑張ってくださいね！）

さらに彼を褒め称える。

声に出せないところがもどかしい。

社長は怒っていない、おまけに自分は期待されている。そんなことを知れば、彼のやる気がさらに燃え上がること間違いなしなのに。

京志郎が資料を確認する様子を確かめる。最終項目に目を通しているようなので、もうそろそろ終わるだろう。予想どおりランチの時間に余裕が出そうなので、ゆっくり食べてもらえそうだ。

（よかった。ここのところ出張続きで忙しくて、ゆっくりしたお昼が取れなかったから……）

会議が終わったらすぐにランチのリクエストを聞こう。そんなことを考えながら京志郎を眺めていると、彼が涼楓に目を向けてきた。

なにか用がありそうだ。近づいていくと、京志郎は手にしている資料を指で軽く叩く。

「前回報告があった商品のその後が知りたい。この資料には前回分の経過データがないようだ。数字は出るか？」

担当者たちの口が止まる。前回報告分は別の者の担当だが、社長はその後の経過も知りたいのだ。

継続してユーザーに届けられているかを知りたいのは当然でもある。

ここは担当チームが気を利かせて資料に補足しておくべきだった。

「気になっている商品がおありなのですね。今回分にデータがないということは順調な証拠ですよ。詳しいデータはすぐ出せます。どの商品でしたか？　だいたいの名称で結構です」

　にこやかに応じると、京志郎ではなく担当者たちからホッとした様子が伝わってくる。涼楓のこの機転で、気まずくなりそうだった場を切り抜けた者は多い。

「ひとりでやりたいねシリーズの、〝ぼくちゃんのあんよ〟だ」

「はい、かしこまりました。ひとりでやりたいねシリーズ、〝ぼくちゃんのあんよ〟ですね。お待ちください」

「〝ぼくちゃんのあんよ〟……だったな。ん、間違いない」

　その場ですぐにタブレットからデータを呼び出す涼楓。素早い行動で涼しい顔をしているが、心の中では京志郎に対する賛辞が吹き荒れていた。

（いいですね、いいですね！　その厳しいお顔、クールな口元から発せられる深いお声で『ぼくちゃんのあんよ』だなんて！　社長からそんなかわいい言葉を聞けるなんて、わたし、今日も幸せです!!）

　大手玩具メーカー企業であるトイチュウ。幼児教育に力を入れていることもあり、知育玩具の種類も多い。小さな子どものころから勉強なんて、と敬遠される印象を持たせないため、つけられる商品名はストレートにかわいいものが多いのだ。

　とある製薬会社は、ユーザーがわかりやすいように薬の効果を商品名に持ってきて親しみを獲得している。ネーミング方法的には少々似たものがあるかもしれない。

それなので、京志郎が口にする商品名もかわいいものが多く……。

凜々しさの塊のような彼から「ぼくちゃんのあんよ」などかわいい単語が飛び出す。慣れない者はそのギャップに驚き、しかしあからさまに驚くわけにも笑うわけにもいかず、苦しむのである。

しかし涼楓にとってはご褒美のような瞬間だ。

入社式の日、京志郎に第二秘書に抜擢された運命の日から。

日々、この厳粛で怜悧な男性から無自覚ににじみ出るギャップを感じるのが、一日の幸せとなってしまっている。

そんな涼楓の性癖を知っているのは、入社時からの親友、やよいただひとり。

目的のデータを表示させ、タブレットを京志郎に渡す。担当者たちに目を向けると、思ったとおり唇を引き結んで反応に困っている。新人の彼に至っては、顔を伏せ体を固めて肩を小刻みに震わせていた。

先輩社員と目を合わせ、首を小さく横に振って新人君を助けてあげるよう合図をする。もしここで堪えられなくなって笑い出してしまえば、新人君だけではなく先輩も上司も気まずさマックスだろう。

わかっている。馬鹿にして笑っているわけではない。——あまりのギャップに困るあまり、感情が楽しさでごまかされてしまうのだ。

「売り上げは伸びているようだ。評判もいいようだな。順調でよかった。ありがとう」

京志郎からタブレットを受け取り、涼楓はにこりとして彼の注意をひきつける。

「ご安心いただけてなによりです。――販売店舗の視察で会った男の子、自分で靴が履けるようになっているといいですね」

「ん？　よくわかったね。気にしていたこと」

「もちろんです。わたしも同じ気持ちですし、小さな男の子にもわかるよう、社長が丁寧に商品の使いかたを教えてあげているのが、とても印象的でした。やはり社長は説明がお上手ですよね」

「明石女史にそう言ってもらえると嬉しいね」

「おそれいります。ですが、からかっているわけではありませんよ」

「本当かな？」

「疑うんですか？」

笑いつつも眉を上げて、疑うなら怒りますよの素振りをする。そうしながらもチラッと担当者たちを見ると、先輩に助けられ、やっと新人君が頑張って真面目な顔を作ったところだった。

「疑わない。女史の言葉はいつも正しい。私も、ちょっぴり自惚れることにしよう」

「大いに自惚れてくださって結構です」

(んんんんん〜〜〜ちょっぴり⁉　ちょっぴり！　一人称「私」な社長から、『ちょっぴり』なんて、なんでそんな単語が自然に出ちゃうかなぁ！)

午前中からこんなに幸せでいいのだろうか。新人君が持ち直すまでの時間稼ぎに話題を振っただけなのに、大収穫である。

見れば、会議に参加している面々も面映い表情をしている。おそらくみんな「ちょっぴり」に反応してしまったに違いない。

(すべての人類を惑わせてしまうなんて。罪ですね、社長っ)

涼楓が満足感に浸ったところで……。無事、会議は終了したのである。


「今日のヒットは、なんといっても『ちょっぴり』だと思うのっ。かわいくない？　かわいいよね。もう〜、脳内には指で〝ちょっぴり〟の幅を作ってはにかむ社長が妄想されたからねっ。そりゃあね〝ぼくちゃんのあんよ〟もなかなかの破壊力だけど、でも、観察のプロから言わせれば意表をつきまくった『ちょっぴり』が今日の金言でしょうっ。どうしよう、午前中からこんな幸せをもらっちゃって、どうしよぉ」

胸で膨らみ続ける想いを一気に吐き出す。お昼に余裕があってよかった。言えないままでいたら、想いが膨らみすぎて胸骨が砕けてしまいそうだ。

こうして口に出してしまえるのも、笑顔で見守ってくれる優しい親友のおかげである。

「午前中に幸せ最高潮っていう気分にならないほうがいいよ。午後からおちていく一方だから」

あまりありがたみを感じない助言をくれるのは、その優しい親友、やよいである。

入社の日、ともに秘書課に配属された同期。新しい環境で仲良くなれそうな同期に出会えたのは運がいいと思っていたとおり、今では社内で一番の親友だ。

会議が終わり京志郎に昼食の手配をしてから、涼楓もやよいとともに近くの喫茶店でランチである。

カフェというよりは喫茶店という言いかたがぴったりくるレトロな雰囲気。それがかえってお洒落にも感じる小さな喫茶店は、入社当時から涼楓のお気に入りだ。

「なぁに？　観察のプロ？　涼楓のはストーカーでしょ」

「ストっ、なんてことをっ。どこがストーカー？　純然たる観察行為だよ」

「もしくは推し活。なんかさぁ、あたしが好きな俳優への愛を語ってるときと、同じ匂いがする」

「なっ！　社長をその辺の顔がいいだけの男と一緒にしないでっ」

「ンだとぉ～、ごるぁ～」

言葉使いは悪いが、ふざけているだけで本当にすごんでいるわけではない。ランチプレートに盛られたローストビーフにフォークを刺して、やよいは仕方ないなぁと言いたげに息を吐き肩を軽く上下させる。

「でもさ、久しぶりだよね。涼楓とランチするの。出張だ会議だ視察だって、ほんっと、バイタリティにあふれていて恐れ入るわ」

「わかる。社長って、ほんっとタフでね。出張中の過密スケジュールにも、自分から『疲れた』って言ったことがないんだから」

「あたしが言ってるのは涼楓のことだよ。よくついていってるよね、あの社長に」

咀嚼しながら、食べかけの玉子サンドで自分を示し「わたし？」のポーズをとる。やよいも対抗してフォークに刺したローストビーフで涼楓を示し「そのとおり」とばかりにうなずいた。

「うちの彼氏、さっきも言ってたよ。会議で気まずくなりそうだったのを涼楓が機転を利かせて回避してくれたって」

ローストビーフを口に入れて言葉が止まったやよいに代わって、玉子サンドを飲みこんだ涼楓が口を開く。

「須藤《すどう》くんが？　いやいや、目で合図をしたらすぐに悟って新人君を落ち着かせてくれたんだから、彼の活躍あってこそだよ」

グラスを手に取り、ストローでかき混ぜてからアイスコーヒーをひと口吸いこむ。

先ほどの会議で、笑うに笑えずどうしたらいいか困っていた新人君を救出した先輩社員が、やよいの彼氏である。

先輩といっても涼楓たちにとっては同期で、入社式で新入社員決意表明を行ったエンターテイナーその人である。

彼は事業戦略室のホープ。ふたりがつきあって三年経つし仲もいいので、そろそろおめでたい報告が聞けるのではないかと期待している。

「でも、涼楓が社長に話をふって気をそらしてくれていたおかげだって聞いたよ。相変わらず仲良くお話ししていたそうじゃないの。微笑ましくてニヤニヤしたって言ってた」

「そうっ、みんなくすぐったそうな顔してたんだよ〜。やっぱり社長の『ちょっぴり』に反応しちゃったんだよねぇ」

「ちが―うっ、そういう意味じゃなーい、あああぁ、もうっ、このニブチンがぁぁぁ」

なにを思ったか持っていたフォークでミニグラタンをぐるぐると回しだした。

「会議中よ？　大事な新商品の売れ行き報告会議の最中よっ。確認ついでに雑談を振られて、すぐ話にのるような人じゃないでしょう、社長は。こうクールに『その話は会議が終わってから聞く』とか言うよねぇ？　そういった徹底したところがある人だよね社長って。でも、第一秘書様の雑談にはのるんだよ」

「でもあれは、商品を気にしていたからであって……」

「そ　れ　で　もっ、社長は涼楓の話を後回しにしない人なんだよっ。みんなそれを知ってるから、ふたりが話をしているとニヤニヤしちゃうんだってばっ」

「第一秘書だから話を聞いてくれるんだよ」

「あああああ～、熱々グラタンでも頭からぶっかければ少しはそのニブチンなところ直るかなぁぁぁぁぁ、おいっ」

「やよいも会議で同席したら、思いついたことを話しかけてみれば？　第二秘書なんだし。社長は部下を袖にする人じゃないよ」

「とっくに実践済みですよー。第二秘書の誰が議題以外の話をふっても『その件はあとにしよう』ってやんわり窘められるからね。やっぱりグラタンぶつけようか、でもここのグラタン美味しいからもったいないなぁ」

　当のグラタンは、ずっと混ぜられているせいで美味しそうな焼き目も沈み、エビとマカロニが浮き出して焼く前のような状態になってしまっている。これだけ混ぜれば、頭からかけられても熱さを感じないのではないだろうか。

　ぶつけるのは諦めグラタンを食べだしたやよいを眺めながら、涼楓もオニオンスープを手前に引き寄せる。

（そうか、他の秘書がつくときは気をそらすきっかけを作らせてくれないんだ。やっぱりその可能性は大いに高い。実質、日ごろの京志郎に対する秘書としての務めは涼楓が一手に仕切っている。

社長第二秘書とされている者は三人いる。うちひとりがやよいだが、三人は日々そこまで社長にかかわることはない。

実際、三人ともメインでこなす業務が他にあるのだ。

第二秘書は第一秘書が休みの際に、代理として社長秘書業務を行う。ほぼそれが役目となっている。

なんでもすべて完璧にやってしまう社長秘書は、同僚の助けを借りずともひとりでこなしてしまう。

仕事ができるのはいいことだ。だがこれでは、体調が悪くても無理をするだろうし、有給を取るなんてもってのほかと考えるようになってしまうだろう。

危機感をいだいた京志郎が、第二秘書を三人選出した。

なぜ三人か。三人ともメインの秘書業務があるというのはもちろんだが、ひとりでは涼楓が普段やっている業務を真似ることはできないと判断したからだ。

それだけ、涼楓は京志郎に評価されている。

京志郎の判断は正しく、第一秘書がいない日、終業時間には第二秘書が三人ともデスクで燃え尽きているらしい。

　おかげで体調不良のときは休めるし、「有給消化は社員の義務」という社風にも倣うことができていた。

「涼楓がゆっくりお昼休みをとれるのが久しぶりってことは、社長も久しぶりでしょう？　社長もどこかに食べに出てるの？」

　お代わりがほしいほど美味しいオニオンスープを味わって飲んでいると、ミニグラタンを一気に食べてしまったやよいがなぜか深刻な顔をする。

「会社で食べてるよ。社長室でのんびりお昼時間を過ごしてほしかったから、社長お気に入りの日本料理店のお弁当を手配しておいたんだ」

「……外で食べる、とか言われなかった？」

「言ってたけど、ゆっくりしてほしかったし、お弁当のメニューも社長が好きなものばかりだし。たくさん食べて、なんならソファで昼寝でもしてくださいって言ってきた」

「……外で食べるから、一緒に行こう、とか言われたんじゃ……」

「うん、言われた。でも、せっかくゆっくりできる貴重なお昼なのに、一緒にいたら絶対仕事の話をするなってピンッときて。仕事の話をさせちゃいけないと思って全力でお弁当を勧めた。時間ができたときくらい社長を休ませてあげなくちゃね」

　深刻だったやよいの顔が、なぜか泣きそうに歪む。今度はランチプレートの上で花の形になって盛られていたチキンピラフを、スプーンで刺して崩しはじめた。

「馬鹿馬鹿馬鹿っ、なんで、なんでわかんないのぉぉぉぉっ。なんかもうっ、社長がかわいそうになってきたわ、あたしっ」

友が察して不憫に感じてしまうほど、社長は外で昼食を取りたかったのだろうか……。

だが、涼楓だって京志郎にゆっくりしてほしかったのだ。ついでにソファに転がって昼寝などしてくれたなら、運がよければ寝顔が見られるのでは……などと邪な考えもあったりする。

(社長の寝顔……。いいなぁ、見てみたいな……。移動中でも転寝とかしない人だから、一回も見たことがないんだよね。凜々しい顔して寝るんだろうな。いや、もしかしたら意表をついて寝顔が天使だったらどうしよう！　待って、そんなん見たら、わたし幸せすぎて幸福死してしまう！)

「涼楓っ、ソファで昼寝でも、とか言って、社長の寝顔でも見れたらラッキーとか思ってるんでしょう」

「めめめ、めっそうもないっ」

鋭い指摘に動揺が走る。邪な動機だったせいか見るからに慌ててしまった。

「寝顔が見たいとか、かわいいなぁ、もぅ。何年秘書やってくっついて歩いてんのよぉ。出張だって何回も一緒に行ってるんだから、寝顔くらい見たことがあるでしょう」

「え？　ないよ」

ピラフをつつく手が止まる。やよいが怪訝そうに眉を寄せた。

「ない？」

「普通ないでしょう？」

「お酒飲んで寝ちゃったとか、移動中いつも寝てるとか、そういうのないの？」

「社長はお酒が強くて、相手にどれだけ飲まされても潰れない。移動中もしっかり起きているん人だよ。海外とか移動時間が長いときはさすがに寝ると思うけど……見たことがないんだよね……」

まさか寝てない。いや、それはないだろう。考えつつ、サラダのプチトマトを口に放りこむ。フルーツトマトだったようで、まろやかな酸味に長閑な気分が誘われた。

そんな涼楓に反して、やよいは実に渋い顔をしている。「かわいいんだからその顔やめなよ。そんな顔になっちゃうぞっ」とおどけたいところだが、やったら本当にカラのグラタン皿が飛んできそうである。

「望みをかけて聞くんだけど、先日の出張でなにか変わったことはあった？」

「いつもどおり。仕事が終わったらホテルに戻ってゆっくり休む、のエンドレス。社長は会社にいても外出や出張でもキレッキレで凜々しくて、ほんっと、一緒に仕事をさせてもらえるのがありがたいなーって毎回思うんだよね」

「いや、そういうことじゃなくてさ。ふたりで飲みに行っちゃった、とか、部屋で話しこんでいるうちに寝ちゃってひと晩一緒の部屋だった、とか、日常じゃないなにかはなかったのかって聞いてるの」

「そんなことあるわけがないよ。だいたい、出張中の社長になにかあったら大変だからね。一杯飲みたいって言われてもルームサービスを手配して部屋でゆっくり飲んでもらうし、部屋で話しこむなんてとんでもない。そんな社長を疲れさせるようなことができるわけないでしょう」

やよいの肩がガクッと落ちた。片手で下がった顔を押さえる。

「社長に、飲みに誘われたりとか、は?」

「あるよ。部屋飲みしか許してくれない秘書を巻きこめばバーに飲みに行けると思って誘ってるんだろうけど、そううまくはいかないんだから。疲れた身体と頭をゆっくり休めてほしいし、丁重にお断りして部屋で休んでもらう」

「……どうしよう、社長が不憫で泣けてくる」

「な、なな、なんでっ!?」

「そこまでするのもさぁ、涼楓のことだから『社長の御為』の一念なんでしょう?」

「そうだよ。当然」

「あっさり認めるなっ。ロールパンぶつけるぞっ」

……怒らせてしまった。しかしロールパンでは迫力がいない。と、思った矢先にやよいがロールパンを鷲掴みにしたので、本当に飛んでくるかと一瞬身構えた。

「あああ〜〜〜、社長がかわいそぉ〜〜、あんなに超絶いい男で仕事もできてお金持ちで完璧なのに、こんなに報われなくていいの？」

鷲掴みにしたロールパンを勢いに任せてむしっては口に入れていく。そんな友を宥めようと、涼楓は自分の玉子サンドランチについていたブルーベリーソースつきヨーグルトをそっと差し出す。

「そんなに悲しまなくても大丈夫だよ。別にプライベートにまで踏みこんでないから、きっと仕事が終わったら高級なバーとかに飲みに行くだろうし、レストランで食事とかもしてるだろうし。社長はかわいそうじゃないよ。ほら、ヨーグルトあげるから、元気出して。やよいの好きなブルーベリーソースがかかってるよ」

あまりにも社長の要求を秘書としての涼楓が阻むので、聞いているほうがつらくなってしまったのだろう。

（やよいは優しいなぁ。いい子がカノジョでよかったね、須藤君。さっさと結婚しろっ）

同期同士の幸せをけしかけ満足に浸る。すると、ヨーグルトと引き換えにやよいがグラタンランチセットについていたグレープフルーツゼリーをくれた。やっぱり優しい。

深く深くため息をつき、やよいがヨーグルトをスプーンですくう。落ち着いたのか、今回はぐるぐると回すことはなかった。

「あたしはさ、入社したときから涼楓の一番の友だちだと思ってるし、だからこそ知ってるけど、涼楓は社長が好きだよね」

グレープフルーツゼリーに入れようとしていたスプーンが止まった。

やよいの言う「好き」が尊敬しているほうの意味ではないことを感覚で悟り、ぼおっと頬があたたかくなる。

「それっ！　その反応がほしかった！」

いきなりやよいが張り切りだす。せっかくすくったヨーグルトを食べるのも忘れ、身をグッと乗り出した。

「大好きな社長にいい仕事をしてほしいからこそ、必死に張り切っちゃう。かわいいじゃない、わかる、わかるよ、それが涼楓のいいところ。でも、悪いところでもあるんだって」

「ど、どうして？　仕事が順調だと社長は喜んでくれる。そばで仕事ができるのがスッゴク嬉しいし、意外な顔が見られたり予想外の言葉が聞けたり、そんなギャップでわたしは幸せをもらえるし、どこが悪いの？」

「じゃあ聞くけど、社長のこと、どれだけ知ってる？　普通、好きな人のことっていろいろと知りたいよね？」

「それは任せてっ。暗記するくらい知ってるから。まず……」

「公表されているプロフィールとか、インタビュー記事なんかで語った学生時代のこととか、一緒に仕事をして得た、今までの実績に関することとか……以外ね」

出かかった言葉が止まった。今言おうとしていたことが、まさにプロフィールそのものだからだ。

京志郎に関することならば、独演会ができるほど話ができる。

彼に関するインタビューや対談記事、社内報のコラムに至るまで、一字一句違えることなく覚えているからだ。

一緒に仕事をしていれば、京志郎がどれだけ優秀な頭脳を持ち行動力の塊であるかがわかる。

過去の実績も含め、彼の仕事に関する熱量を語れといわれたら夜通し語る自信がある。

それだけ涼楓は、京志郎に関する情報を網羅している自信があるのだ。

……が、それ以外、といわれたら……。

「たとえば、小さなころの話とか。今は海外ブランドのCEOになっている先代社長、今の社長のお父様。ひとり息子だもん、かわいがられたと思うんだよね。そのお父様との思い出とか、お母様との思い出とか、学生時代も優秀だったのは有名だけど、ご学友とハメを外した話とか、ちょっとした悪戯とか、青春時代のちょっと甘酸っぱい思い出とか……。

「……そういうの、知りたくない？」

「……知りたい……けど、甘酸っぱいのは、やだ」

　言葉がにごる。もやもやっとしたものが喉に溜まり、照れくささが大きくなってやよいから目をそらしてしまった。

「……社長が、なんか、同級生の女の子とか、下級生の女の子から慕われて、こ……告白、とか……たくさんされて困ったとか……そんな話、聞きたくないし……」

「それっ！　それだよ、涼楓っ！」

またもや興奮した声をかけられ、反射的に顔を向けてしまう。やよいはまたもやヨーグルトをスプーンでガチャガチャと掻き混ぜていた。

「かわいいっ、そうやって照れてる涼楓、さいっこうにかわいいからっ。その顔をさ、社長に見せてあげればいいのに」

「な、なに言ってんのっ、こんな動揺しまくった顔で仕事ができるわけがないでしょう。ふざけてるのかって怒らせて、解雇されちゃうよ」

「されるわけないっ、むしろ永久雇用決定でしょ」

「ずっと秘書として働かせてもらえるのはありがたいけど、こんな顔は駄目っ、恥ずかしい」

「そういう意味じゃないっ、このニブチンっ」

恥ずかしさマックスだ。スプーンを持ったまま両頰を押さえると、頰の熱が手に伝わってくる。

普段から自分の恋愛話などふられる機会がないため、とんでもなく照れてしまう。

「あのさ、はっきり言っちゃったら涼楓が動揺して仕事ができなくなるんじゃないかと心配だから言えなかったけど、社長はさ、誰がどう見ても……」

やよいの勢いをつけたセリフの途中で、スマホの着信音が鳴り響く。秘書の性というおうか一瞬にしてふたり同時に自分のスマホを確認する。

着信があったのは涼楓のほうだった。——弟だ。

「もしもし、お姉ちゃんだよー」

ちょっとおどけてかわいい声を出す。ぶはっと噴き出す笑い声が聞こえた。

『なにカワイコぶってんの、すずちゃん』

「いいじゃない、かわいい弟からの電話だもん。誠《まこと》はお昼食べた？　また教授の研究室に入り浸ってるんじゃないの？　ちゃんと食べなくちゃ駄目だよ？」

『すずちゃんに言われたくないなー。すずちゃんこそ、仕事ばっかりしないで、ちゃんと食べてる？　今日会ったときに前より痩せていたら怒るよ？』

「それはこっちのセリフだぞっ」

ふたりでアハハと笑いあっていると、電話の向こうで「ただいまー、あ、電話？」という声が聞こえる。送話口をふさがず「うん、すずちゃん」と誠が口にすると「すずちゃんっ⁉」と慌てる声が割って入る。

『誠、おまっ、なに抜け駆けしてひとりですずちゃんとしゃべってんだよ！』

『いいだろう、今日久しぶりに会えるから楽しみなんだよ』

『楽しみなのは俺も同じだってのっ。すずちゃーん、すずちゃんの実《みのる》だよー』

どうやらスマホの主導権を、誠の双子の弟である実が奪ったらしい。優等生タイプの誠と、少々やんちゃな実。涼楓より六つ年下の大学三年生である。

涼楓が十歳のときに両親が他界し、助け合い励まし合いながら生きてきた、大切な家族だ。

「実、久しぶりだね。お昼ご飯食べた？　実はちゃんと食べるからあんまり心配はしてないけど」

『食べた食べた。バイトしてるコンビニの玉子サンド、三パック』

「食べすぎー。でもわたしも今、玉子サンド食べてたんだよ。おそろいだね」

『すずちゃんも玉子サンド？　マジでー？　やっぱさぁ、オレとすずちゃんって気が合うんだよなー』

声の感じからして、誠にあてつけているようだ。「僕も玉子サンド買ってくるっ。実、スマホ返せ」とムキになる声が聞こえた。

会話を終えたくない実が「なんで?」といやそうに言えば、キャッシュレス決済の都合らしい。「現金で買ってこいよ」「ポイントつけてもらうんだよ」「せこっ」と双子の応酬が聞こえる。

ふたりは仲が悪いわけではない。むしろいいほうだと思う。ただふたりとも「お姉ちゃんっ子」なので、どちらが涼楓と仲がいいかで不毛な争いをする。

「今夜が楽しみだね、実。おじいちゃんに会うのも久しぶりだもんね。スマホ、返してあげな。わたしもランチの途中だし」

『うん、わかった。じゃあ、あとで』

「うん、バイバイ」

『バイバイ……わっ』

『すずちゃん、またねっ……』

最後の最後に誠が割りこみ通話が終わる。弟たちの声が聞けて嬉しかったのと、相変わらずの様子に笑みが浮かんだ。

「いいなぁいいなぁ、かわいいなぁ。すっごく弟思いのお姉ちゃんって感じ。女のあたしでも惚れちゃいそうな顔してるよ、涼楓」

話をしているあいだにすっかり食べ終わっていたやよいがテーブルに両肘をつき、組んだ指の上に顎を置いて微笑ましい顔をしている。

「ごめんね、長電話しちゃって」

「ぜんぜん長くないよ。弟さん？　今夜会うの？」

「うん、おじいちゃんが、久しぶりに会いたいからって。みんなでご飯食べるんだ」

「おじいちゃん？　ああ、涼楓たち姉弟の〝あしながおじさん〟か。会うのは久しぶりなの？」

「わたしも忙しかったけど、弟たちも勉強が大変で、おじいちゃんのほうも忙しかったのかしばらく連絡が取れなかったんだ。また海外の仕事だったのかな。お土産話が楽しみ」

両親を亡くしたあと、涼楓たちは施設へ入れられた。そこで三人を支援してくれたのが〝おじいちゃん〟と慕う慈善家の男性だったのである。

涼楓が無事に大学を出られたのも、弟たちが夢に向かって薬学部で勉強ができているのも〝おじいちゃん〟のおかげなのだ。

「そうやって嬉しそうにする顔、社長の前でも素直にすればいいのに……」

やよいがポツリと呟く。社長と聞いて、彼女が言いかけていた言葉を思いだした。

「そうだ、やよい、さっきなにを言いたかったの？　社長はきっと……って」

思いだしたようにやよいも口を開きかかるが、視線を上にしてなにかを考え、ふっと苦笑いをする。

「なんでもない。やっぱり、自然に気づいてそのかわいい顔してほしいし」

「えー、なに？　気になるよ」

「教えてもらえないと思った瞬間に気にするなっ。もっと早く気にしなさい。このニブチンが」

「ミドルネームみたいに呼ばないでよー」

「ほら早く食べて。締めのクレープ食べに行くよ」

「えっ？　聞いてない」

「近くのビルの前にキッチンワゴンが来てるんだって。彼氏情報」

手元のスマホをちらちらと見せる。やり取りまでは見えなかったが、ハートのスタンプが盛大に飛んでいる模様。

（さっさと結婚しなさいっ）

心でけしかけながら、急いで残りを食べ進めた。


午前中から幸せ最高潮にならないほうがいいとやよいには言われたものの、ランチのときに弟たちと話ができたのはもちろん、仕事もスムーズに進む。午後から運が下降するどころかいいことずくめだ。

今日は一日中いい日なのかもしれない。〝おじいちゃん〟とも久しぶりに会える。これから悪いことが起こる未来など見えない。

「出張の疲れも残っていると思いますし、社長もお身体を休めてくださいね。わたしも本日はこれで失礼させていただきます」

社長室で明日の予定を報告し、本日の業務を締める。頭を下げたところで京志郎から声がかかった。

「女史の、このあとの予定は？」

「はい？　わたし、ですか？」

いつもならここで「ご苦労様、明日もよろしく」の言葉がくるはずなのだが。予想外の質問がきて戸惑ってしまった。

「今夜は久しぶりに弟と会うのです。恩ある方を交えて食事をする予定です」

「弟さん？　そうか、それは楽しみだな。ふたりとも大学生だったと記憶している。女史の六つ年下だったか……大学三年生かな」

「はい、大学近くの学生会館に住んでいるのですが、近いせいか担当教授の研究室に入り浸っているんです。勉強や研究のお手伝いが楽しいらしくて。それはいいのですが、そのおかげであまり会える機会がありません。ですから、今夜は楽しみで」

「そうか、お姉さんと同じで、双子の弟さんたちも優秀だなんて、素晴らしい」

「おそれいります」

話しながら、ふと……京志郎に弟たちの話をしたことがあっただろうかと、小さな疑問が生まれた。

六つの年の差、大学生、双子の弟。

ちらりと存在をにおわせたことはあったかもしれないが、そこまで詳しく話したことがあっただろうか。

（……って、履歴書に書いたんだから、知っていて当然か）

涼楓が入社したとき、弟たちはまだ高校生だった。夢を追って大学へ行きたいと勉強を頑張っていて、支援は続いているが涼楓も弟たちを支えてあげたくて、仕事を頑張ろうと張り切っていたのを覚えている。

だが、京志郎はなぜこのあとの予定など聞いてきたのだろう。

（もしかして仕事？）

「社長、なにか急な仕事でもありましたか？　それならおっしゃっていただければ……」

にわかに焦り、一歩踏み出す。残業を頼もうと思ったら久しぶりに弟と会うなどと言っているので、頼みづらくなっているのではないのか。

しかし京志郎は真面目な顔で片手を小さく顔の横で振る。

「いや、違う。予定がなければ食事に誘おうかと考えていた。弟さんたちに会うのなら無理は言えない」

「食……事？」

「出張が多くハードスケジュールだったのは君も同じだ。それなのに、出張中も、戻ってからも、君は俺にばかり気を使う。それなので、お疲れ様の意味を込めて……と思ったのだが、また改めることにしよう」

「それは……せっかくのお心遣い、申し訳ございません」

「君が謝る必要はない。弟くんたちによろしく伝えてくれ」

「ありがとうございます。では、失礼いたします」

改めて頭を下げ、涼楓は社長室を出る。秘書課のオフィスへ戻るべくシャキシャキと歩いていたが、だんだんと歩調が遅くなり……。

誰もいない階段側へ入りこんで、立ち止まった。

「……これかぁ……」

落胆した声が出て、しゅるしゅるっとしゃがみこむ。

（社長が、社長が、しゃちょうがっ、誘ってくれた！　お疲れ様の意味ではあるけど、仕事中じゃなくて、仕事が終わってからの食事に誘ってくれた！　なにこれ、こんな幸せがあっていいのっ！　ってか、顔の横で小さく手を振るとか、最高にかわいいです!!）

心は大いに盛り上がる。感動で涙が出そう。

が、出るに至らないのは、なんといってもせっかくの誘いを断らなくてはならなかったのだ。

午前中からの幸せのツケが、ここにきた。やよいが言ったことは間違いではなかったのだ。

「……初めて……誘ってもらえたのに……」

仕事中のランチでも接待でも出張中の一杯でもない。仕事を終えたあとの、完全プライベート時間の誘いだ。

落ちこみはするが、京志郎は「また改めることにしよう」と言っていた。

それを期待するしかない。涼楓は勢いをつけて立ち上がる。

(社長は、言ったことは絶対実行してくれる人。絶対また誘ってもらえる。絶対っ！)

懸命に自分に言い聞かせ、帰り支度をするべく歩き出す。待ち合わせ時間を気にしながらも心は京志郎を想い、ドキドキしている。

改めて食事に誘ってもらえたら、どんな話をしよう。子どものころのことを聞いてもいいだろうか、学生のころのこととか、仲がよかった友だちのこととか。

考えているうちに楽しくなってくる。そうするとこれは幸せのツケなどではないとも思えるようになってきた。

もうすぐ弟たちや〝おじいちゃん〟に会える。

やはり今日は、いい日だ。

両親を事故で亡くし、施設へ入れられた涼楓たち姉弟を援助し続けてくれた〝おじいちゃん〟こと大倉茂敏《おおくらしげとし》は、慈善家であると同時に海外に鉱山を持つ資産家である。

初めて会ったのは十七年前。両親の棺の前だった。

爆発事故だったということで、遺体を見せてはもらえなかった。とはいえ、十歳の女の子と四歳の男の子に、爆発事故の遺体を見せる大人もいないだろう。

泣きやまない弟たちを抱きしめ、涼楓は一人泣くことはできなかった。

感情に負けて自分まで泣いてしまったら、弟たちはもっと心細くなる。それだから、必死に耐えた。

そんな涼楓を弟たちごと抱きしめ「なにも心配いらないから。君たちは、私が守るから」と言って、その大きな腕の中で泣かせてくれたのが大倉だったのである。

そのとき、大倉は五十歳になったばかり。おじいちゃんと呼ぶほど老けた印象のある男性ではなかったが、幼い子どもから見れば「おじいちゃん」だった。

また、妻も子どもも親族さえいない天涯孤独な大倉は、「おじいちゃん」と呼ばれることをとても嬉しがった。

大倉は海外へいっていることも多く、戻ってくると姉弟に会いに来て食事をしながらいろいろな話をしてくれる。

涼楓や弟たちにとって、大倉は本当に「おじいちゃん」であり、かけがえのない「身内」なのだ。

「こういった場所で待ち合わせって、初めてじゃないか?」

ソファに深く腰掛けた実が室内を見回す。とても広い部屋だ。幼い子どものころなら間違いなく走り回っていただろう。

広いだけではなく調度品にセンスがあり配置もお洒落だ。大きな窓には臨海副都心の夜景が広がっていた。

大倉が食事をする場所として指定してきたのは名の知れた高級ホテルだった。言われたとおりにフロントで名前を言うと、上層階のスイートルームに通されたのである。

「個室がいいなら、レストランにも個室はあるのに。食事のときに移動するのかな。ちょっと面倒じゃね?」

「変わったことがしたかったんじゃないか? おじいちゃん、そういうところがあるし。お茶目な人だから」

到着すると同時に運ばれてきたコーヒーに口をつけ、誠は「ね?」と涼楓に同意を求めてきた。

「そうだね。でも、みんなで会えるんなら、わたしはどこでもいいな」

「さすがすずちゃんっ、オレもそう思うっ」

実が手のひらを返すと、並んで座る誠は声をあげて笑った。

「調子いいなぁ、実は」

「すずちゃんの意見はオレの意見だからなっ」

「そういうの、自主性がないっていうんだ」

「じゃあ、誠はどう思うんだ？」

「みんなで会えるなら、どこでもいいと思う」

「おまえだって同じじゃねーか」

実もアハハと笑いだす。なんだかんだと言い合うものの結局は仲よしな弟たちを眺め、涼楓は長閑な気持ちになる。

ふたりは一卵性の双子で、背格好や顔もよく似ている。髪型も同じセンターパートのマッシユヘア。どっちが誠で、どっちが実か。見分けるポイントは、片方だけがかけているメガネである。

ただこれも注意が必要で、メガネをかけていて一見優等生っぽい雰囲気があるのは、落ち着いた性格の誠……ではなく実。

逆に、黙っていると一見恐い人っぽい雰囲気をかもし出すのが、言動が少々やんちゃな実……ではなく誠だ。

性格と雰囲気が反比例している。実がメガネを外していると、まずどっちがどっちなのか迷うだろう。

ちなみに、メガネに頼らなくとも誠と実の区別がつくのは、いまのところ亡くなった両親と涼楓と大倉だけである。

廊下側からドアが開く音と、複数の人の気配を感じた。

「楽しそうだね。待たせてすまなかったね」

優しくおだやかな声が聞こえ、聴覚が喜んだ三人は同時に反応する。

涼楓は笑顔で立ち上がり、誠と実も笑うのをやめて立ち上がった。

「おじいちゃん、ごきげんよう」

「おじいちゃん、お久しぶりです！」

「じいちゃん、会いたかったよ！」

再会を喜び、三人は同時に同じ方向に顔を向ける。そのまま駆け寄っていこうとした。

——が、できなかった。

三人の動きが止まったからだ。

……あまりにも、予想外の光景が目に入ってきたせいで。

「おじい……ちゃん……？」

呆然とした涼楓の声だけが室内に響いた。

大倉が三人に近づいてくる。看護師と見られる年配の女性が、大倉が乗る車椅子を押していた。

他にはスーツ姿の男性がふたり。ふたりともメガネをかけた勤勉そうな雰囲気だ。

ひとりは三十代後半、四十代前後というところだが、もうひとりがよくわからない。三十代にも見えるが、もしかしたら二十代、涼楓と同じくらいではないかという印象。少々童顔なのかもしれない。そのせいで年齢不詳に感じる。

「じいちゃん……どうした、怪我したのか……」

普通に話そうとすればするほど、実の声のトーンがおかしくなる。怪我ではないと、ひと目でわかるからだ。

大倉は背が高く、若いころから格闘技を趣味にしていたせいか体格のいい男性だった。鉱山がある南米へ行くことが多く、地黒と日焼けが重なって褐色の肌が健康的で、活力にあふれていたのだ。

その人が、ひと回り、ふた回り小さくなってしまっている。肌の色も薄くなって、こんなに白髪があっただろうか。着用しているのもスーツではなく着流しだ。それはそれで似合っていても、以前見たような貫禄のある着流し姿ではない。

——大倉は病気なのだと、涼楓だけではなくふたりも悟ったのだろう。

「三人とも、元気そうでよかった」

口調はしっかりしているが、重みがない。ソファの横で車椅子が止まり、大倉は愕然としている姉弟を見つめる。

「食事の前に、君たちに話しておかなくてはならないことがある。座って」

大倉を凝視したまま、三人が腰を下ろす。話しておかなくてはならないことという言葉に、なにか不穏なものを感じた。

まだ聞いてもいないのに、その内容がわかるような気がしてくる。

三人を見つめる大倉の眼差しはとても優しい。涼楓は思いだす。十歳だったあの日、弟たちを抱きしめることで自分の正気を保っていた涼楓を、やっと泣かせてくれたのはこの眼差しだった。

なにも心配はいらないと、慈愛に満ちた瞳が幼い心を救ってくれた。

「……私は、末期の癌で、もう、半年も生きられない」

大倉がゆっくりと話しだす。

不穏な予感が当たってしまった。弟たちも同じだっただろう。目を見開いたまま言葉が出ない。

――幸せすぎた今日のツケは、ここに回ってきたのだろうか……。

「しばらく連絡ができなかったのは、病院で検査や治療を受けていたからなのだが……。思ったより進行が早い。手術でなんとかなるレベルではないようだ」

「駄目だ！」

いきなり実が大きな声をあげた。立ち上がり、両手を握り締めて大倉を見ている。

「じいちゃん……オレ、……オレ、もっともっと勉強する。教授がびっくりするくらい研究もする。院に行って論文書いて、大手の製薬会社で創薬開発して、じいちゃんの病気なんかすぐ治せる薬を作る！　だから……だからあと二十年……十年でいいから待っててくれよ！　絶対……オレ、約束守るから！」

「実」

誠が実の腕を摑む。斜め下を向いて表情を歪める誠は実を宥めようとしているが、気持ちとしてはまったく同じだろう。

なんといっても、ふたりが創薬の研究者を目指して薬学部へ進んだのは、子どものころに大倉が天涯孤独になってしまった理由を知ったからだ。

大倉の両親も親族も癌体質で、みんな働き盛りに他界してしまった。癌体質は遺伝するという。大倉は自分にもその遺伝子があるだろうから覚悟はしている、という話をしたのだ。

小さな弟たちは、声をそろえて「おじいちゃんが病気にならない薬を発明する！」と言ったのである。

あのとき見せた大倉の泣きそうな顔を、涼楓は忘れられない。

　そのときと同じ顔をして微笑み、大倉は実を見る。

「実は、約束を守れるいい子だ。楽しみにしているよ。その薬は、きっとたくさんの人を救える。大丈夫、その言葉で、じいちゃんは救われた」

「じいちゃ……」

　聞き分けのない子どものような行動に走っても、実だってちゃんとわかっている。駄目と言っても、いやだと言っても、どうにもできないのだと。

「涼楓」

　名前を呼ばれ、涼楓は引き結んでいた唇をほどいて返事をする。震えてしまいそうな呼吸を必死に抑えた。

「はい、なんですか。おじいちゃん」

「私がいなくなれば、誠と実の保護者代わりは涼楓になる。ふたりとも二十歳は過ぎてもまだ学生だ。院に進めば、まだまだ勉強は続く」

「はい」

「だが、お金の心配は一切しなくていい。私の財産は、すべて君たちに残すつもりだ」

「え……」

　涼楓が困惑するあいだに、大倉はそばに立っていた男性ふたりに目で合図をする。そして、言葉を続けた。

「私の全財産を、涼楓に譲りたい。ただ、そのために、私の妻になってもらう必要がある」

意外すぎる話に、言葉が出なかった。

第二章　甘く拗れる恋心

ひととおり重要な話をしたあと、大倉は病院へ戻っていった。

食事は部屋に用意され、姉弟三人でダイニングテーブルを囲んだが……話の内容がすごすぎて、三人とも無言で食べた。

食べた、というより、考え事をしながら機械的に口へ入れていった、という感じ。

大倉が半年も生きられないという話だけでも衝撃的だったのに、生命保険を含めた財産をすべて涼楓に譲るという話と、そのために大倉の妻にならなくてはならないという話をされて、考えこまないわけがない。

すべて涼楓に、というのは、誠と実を無視したわけではない。ふたりはまだ学生で、これからまだまだ将来のために備えなくてはならない。ふたりが受け取るべきぶんを、卒院まで涼楓が管理するという意味だ。

同席していた男性ふたりのうち年齢不詳メガネのほうは弁護士で、四十代メガネのほうは税理士であり司法書士の資格も有した人物だった。財産やこれからのことを話すのに、立会人という意味で同席したらしい。

弁護士立会いのもと、すでに遺言書も書いたとのこと。大倉亡きあと、年齢不詳メガネの田島《たじま》という弁護士がさまざまな手続きをしてくれる。

もうひとりの四十代メガネ、税理士の庄司《しょうじ》は受け取る財産にかかる面倒な税金関係を処理してくれるらしい。

大倉の妻になる、という話をされたときは驚いたが、よく聞けば〝内縁の妻〟扱いにして、財産を譲る、という意味らしい。

本来、内縁の妻に財産の相続権はない。ただし、遺言により遺贈されることは可能だ。大倉は天涯孤独で正当な法定相続人がいない。そのことから生命保険の受取人も特例が認められ、援助をしている養い子の涼楓に遺贈される。

遺産にしても保険金にしても、法定相続人ではないがゆえにかかる税金は高額だ。おまけに割り増しまでつく。それらの処理をしてくれるのが庄司だ。

弁護士、税理士、司法書士、遺産相続に必要なプロをそろえてくれたのは、涼楓には一切の面倒がかからないようにという、大倉の心遣いである。

鉱山だけは、物が物だけにいきなり引き継いでも大きな負担になってしまう。現地の鉱山企業に権利を売ったとのことだった。

涼楓が本当は〝内縁の妻〟扱いであるというのは、あの場にいた七人の秘密で、大倉の仕事の関係者などには〝妻〟が相続したという形にするらしい。

大倉ほどの資産家となると、面倒な揉め事が起こらないためにも、やはり周知された法定相続人が必要なのだ。

それならわざわざ世間を欺く面倒なことをしなくても、養子縁組をして子どもとして相続をすればいい。

そんな方法もあるのだろうが、大倉はそれをよしとはしなかった。

三人の親は、亡くなった両親だけ。

大倉は亡き両親に敬意を払い、たとえ書類上の手続きでも自分が「親」とは名乗れないと、声を詰まらせて説明してくれたのだ……。

「――ず……ちゃん、……すずちゃん」

呼ばれていたことに気づき、反射的に顔が上がる。誠と実が心配そうに涼楓を見ていた。

「すずちゃん、大丈夫？」

「泊まっていいって言われているし、もう休んだら？　僕、お風呂用意してくるよ」

ソファから立ち上がりかける誠を手で制し、涼楓は頑張って笑顔を作る。

「いいよ、大丈夫。ごめんね、ちょっと考えこんじゃって」

食事を終えて、三人は最初に談笑していたソファに戻りくつろいでいた。

とはいえ会話もなく、涼楓に至ってはずっと考えこんでいたので、くつろいでいたとはいえないかもしれない。

部屋はファミリー用のスイートルームらしく、寝室にはセミダブルのベッドがみっつある。姉弟水入らずで過ごせるようにと考えてくれたのだろう。大倉は「泊まってゆっくりしていきなさい」と言ってくれた。

「お風呂はいいよ。もう少ししたら、わたしは帰るから」

「帰っちゃうの？」

実の元気がない。そんな顔されたら帰れなくなってしまう。

「明日も仕事があるし、メイク道具とかなにも持ってきていないから、やっぱりアパートに帰らなきゃ。それに……早急に荷造りもしなくちゃならないし」

一瞬沈黙が落ちる。座り直した誠が口火を切った。

「決めたの？」

「……おじいちゃんがいなかったら、わたしは生きていなかったかもしれない。それか、苦難だらけの人生を歩んでいたかもしれない」

涼楓は自分に言い聞かせるかのように、ゆっくりと言葉を出す。この十七年間、大倉から受けたたくさんの慈愛が脳裏をめぐる。

「きっと、大学になんかいけなかった。今の会社にも縁がなかった。わたしが持っている素敵な思い出や出会いは、おじいちゃんがいたからこそ得られたものばかり」

学生時代の友だち、会社の同期、そして、京志郎に会えたのは……大倉が涼楓の成長を見守ってくれていたおかげだ。

「そのおじいちゃんの、最後のお願いだもん。わたしは、喜んで最期まで見守るし、……妻になるよ」

大倉の最後の願いは、家族と暮らしたい、というものだった。ずっとひとりだった彼が、最期を家族に看取ってほしいと望んだのだ。

その役目は、もちろん立場上内縁の妻となる涼楓が担う。誠と実にも家族として一緒にいてほしいが、強制はできないので本人たち次第だ。

命の期限が迫っている大倉は、ひとりで住んでいた屋敷へ戻る。彼を看取る大役を全うするため、一時的に涼楓もそこに住むのだ。

だがそのためには、会社を退職しなくてはならない……。

(社長……)

心が揺らぐ。胸が痛くて、息が詰まって泣きそうだ。

京志郎を想ってはいけない。想ってしまえば決意が崩れてしまう。

「よし、わかったよ」

「よし、ＯＫだ」

双子が同時に声を出す。顔を見合わせ、お互いが同じ気持ちだと察したらしく、ふたりそろって頼もしい笑顔を涼楓に向けた。

「すずちゃんの決定は僕の絶対だからね。僕も、すぐに戻って荷造りするよ」

「オレもすずちゃんと同じ気持ちだ。家族として、最後までじいちゃんといる。大急ぎで荷造りするから」

「誠、実」

ふたりが立ち上がり涼楓の前で両膝をつく。膝に置いていた手の上にふたりの手が重なった。

「おじいちゃんは、僕たちのおじいちゃんで父親で母親で養い親で、命の恩人で……大切な家族だよ。その気持ちは、すずちゃんと同じ」

「大事な大事なじいちゃんの最期、家族が一緒にいてやんなくてどうするんだ。なっ、すずちゃん」

頑張って抑えたはずの涙が、ゆるんだ気持ちのあわいをぬって流れてくる。

「みんなで、おじいちゃんを送ってあげよう。僕たち、家族で」

「すずちゃんは大役だけど、オレたちも協力するから、ちゃんと頼ってくれよ？　オレたちだって、いつまでもすずちゃんに抱きついて泣いてた子どもじゃないんだから」

「困ったことがあったら、必ず話して。力になるから」

「絶対だからな。今度はオレたちが、すずちゃんを支えて守るから」

ぽろぽろ流れる涙を拭うこともできないまま、弟たちの言葉を聞きながら涼楓は何度も首を縦に振る。

両親の棺の前で、涼楓にしがみついて泣いていた弟たち。成長した彼らは、もう涼楓が抱きしめて涙をこらえなくてもいいくらい頼もしくなっている。

嬉しいのに、少しだけ……寂しかった。


気持ちは決まった。

昨夜は大倉の屋敷に持ちこむ荷物をまとめ、……迷いに迷って、退職届を書いた。

あまりにも迷いすぎたせいか、気がつけば夜が明ける時間だ。せめて許される時間、少しは眠ったほうがいいと思うものの眠れる自信もない。

結局一睡もしないまま出社してしまった。

「おはようございます。あっ、今朝は早いですね」

自社ビルに入ろうとしたところで警備員に声をかけられる。

「おはようございます。今日もよろしくお願いいたします」

早く出社した理由には触れず、挨拶だけを返してエントランスに足を踏み入れる。

エントランスに人影はない。それでも早朝出社の社員はいるので、どこからか物音や話し声らしきものが響いてくる。

大倉のことはもちろん、寝ていないとか退職届とか、いろいろと気になって落ち着かない。動いていないと考え事で頭がぐちゃぐちゃになってしまいそうで、いつもよりかなり早い時間に出社してしまった。

バッグに忍ばせた退職届を思うと、さらに焦燥感が募る。正当なルートを踏むなら、退職する旨を伝えて認められたのちに退職届を提出するのが綺麗な辞めかただ。

しかし涼楓は、緊急の自己都合で退職しようとしている。

引継ぎ期間もなにもない。今日提出して明日からこられませんというパターンだ。

(すっごい無責任！)

考えるだけで気持ちが落ちこむ。思わず眩暈がしてエントランスの支柱にもたれかかってしまった。

(社長に呆れられるだろうな……。いっそ『ふざけるな』って怒鳴ってくれたらひたすら必死に謝るけど、呆れすぎて怒る気にもならないだろうな)

第二秘書時代から積み上げてきた信頼は、きっと一瞬で崩れ去る。

支柱についた手をグッと握り締める。カッコつけたいわけじゃないし、品行方正ぶりたいわけでもない。

それでも、京志郎に悪い印象をもたれるのは悲しい。

(いっそ……事情を話して……)

京志郎は口が軽い人ではない。複雑な事情を話せば、理解してくれるだろうし絶対に洩らすことはないと信じられる。

しかしそれは、完璧な根回しをしてくれている大倉を裏切ることになるのではないか。

昨日までなんの変化も見せず、いつもどおり働いていた秘書が、翌日いきなり退職届を持ってくる。青天の霹靂もいいとこだろう。

京志郎は裏切られた気持ちになるに違いない。

聞かれるまでもなく完全な自己都合退職。もちろん退職する理由も聞かれる。

結婚する男性のそばにいなくてはならないから、仕事ができなくなる。——そう答えるつもりではいる。

けれど、京志郎に「結婚するんです」なんて、ちゃんと言えるだろうか。

好きな人に向かって「わたしは結婚します」なんて……。

「おやおや、どうしたのかな、朝からお疲れかい?」

背後からかけられた声に、涼楓は素早く反応する。振り返り、背筋を伸ばしてスッと頭を下げた。

「おはようございます、副社長」

そこにいたのは副社長だ。京志郎の叔父で、背が高くスーツ栄えする精悍な紳士であるところがよく似ていると感じる。ただ、おっとりしていていつもニコニコしているので、そこだけが似ていない。

副社長には子どもがいないせいか、兄の一人息子である京志郎をとてもかわいがっている。なにかと構ってくるし、プライベートな旅行のみならず出張に出ても京志郎個人にお土産が届く。

涼楓的には「かわいがられる社長、ナイスです！」と親指を立てるネタを提供してくれるありがたい存在だ。

「おはよう、明石さん。出社時間を間違えた？　君でもそんな勘違いをすることがあるんだね」

「あ、いいえ、ちょっと落ち着かないことがありまして。会社にくれば落ち着けるのではないかと考えまして」

「そうかそうか、そうだね、ソワソワする時期だね。わかるよ。出社すれば社長もいるし、落ち着くね」

「はい、そうですね」

返事をしてから、ソワソワする時期とはどういう意味にとったらいいのか疑問が湧く。梅雨入りをして間もない時期だ。洗濯物が気になってソワソワする、という意味だろうか。副社長が洗濯物を気にするとも思えないが。

出社すれば京志郎がいて気持ちはなごむが、いつも落ち着くわけじゃない。

無意識にかわいいことをしてしまう京志郎に、感情をガクガク揺さぶられてばかりいるときもある。

「副社長も早朝からお疲れ様です。これから外出ですか？」

「そうなんだよ。早朝は苦手だと常々言っているのだけれど、僕の秘書は厳しくてね。社長が羨ましいな、秘書は気が利いて優しくてかわいい。とても有能だ。社長が仕事を張り切れるわけだ」

「お褒めに与り光栄です。褒めすぎです、と言いたいところですが、社長のお役に立てていると感じていただけるのは、とても嬉しいです」

意識をして冷静に答えてはいるが、京志郎がらみで褒められると、本当は走り回りたいほど嬉しい。

「いいねえ、明石さんは本当に社長に尽くしてくれている。昨夜社長から話を聞いてね、いい仕事ができている理由に心底納得したよ。いいことだ、実にめでたい」

「昨夜、社長とお会いになったのですか？」

副社長の言葉から、仕事に関係する話をしたのだという見当はつく。「実にめでたい」とは、なんのことだろう。

「そうなんだよ。連絡をしたらちょうど近くのバーにいてね。ひとりで寂しく飲んでいると言うから駆けつけてしまった」

ひとりで寂しく。そのセリフを口にした京志郎を直に見たかった。涼楓はなんとなく悔しい。

「予想以上の収穫があった。思いだすと興奮して眠れなかったよ。いい話だ、実にいい。本当によかった」

「そんなに、いいお話を伺えたのですか?」

副社長は昨夜の話を思いだしているのか、とても感慨深げだ。どう見ても仕事がらみのいい話ではなく、かわいい甥っ子のいい話という雰囲気。

内容が気になるとはいえ、これはプライベートに関する話だろう。秘書がそこまで入りこんではいけない。

「驚いたけれど嬉しいよ。あの仕事一点張りの京志郎君が、そこまで考えて事を進めているなんて。感動した」

聞きたい気持ちがむくむくと大きくなる。

もしかして、食事の誘いに応じていたら涼楓もその感動する話を聞けたのだろうか。滾る好奇心を打ち負かし、にこりと笑顔を繕う。

「社長は計画性のある方ですから。間違いのないお考えの元に行動なさっていたのだと思います」

「そうだね。まあ、君が言うなら間違いはない。生きているうちに甥っ子の結婚式に出席できるなんて。感無量だよ」

「え……？」

「なんとなくそんな気配は感じていたが、本人の口から『そろそろしっかり決めておこうと思っている』なんて聞かされるとね。進展が気になって仕方がない」

気持ちが昂ぶり上機嫌なのだろう。副社長は終始笑顔だ。笑顔の多い人ではあるが、特別機嫌がいいのがわかる。

「わかってはいるけど、わざと『どんな女性？』と聞いてみたら、とても褒めていたよ。『機転が利いて行動力があって、かわいくて綺麗なお嬢さんです』って。いや、京志郎くんから惚気られる日がくるとは。まいったまいった」

まいった様子はまったくない。かえって、まいっているのは涼楓のほうだ。聞かされている話が信じられなくて、これは幻聴ではないかと思えてきた。

副社長はきっと、秘書である涼楓もとっくに知っている話なのだと思っているのだろう。それだから共通の話題であるかのように話すのだ。

まったくの寝耳に水。京志郎に結婚を考えている女性がいるなんて、考えたこともなければそんな気配を感じたこともない。

だが「そろそろしっかり決めておこうと思っている」なんて口にするということは、いつもそばにいる涼楓にさえわからないくらい厳密に、着々と意中の女性との関係を進めてきたということなのだろう。

（社長が……）

軽い眩暈を覚えた。

まったく気づけなかった。あれだけ京志郎のそばにいて、あれだけ京志郎のスケジュール管理を完璧にこなしていたのに。

涼楓が把握している予定の隙をぬって、京志郎はプライベートでの自分を完璧に構築していたのだ。

言葉を出せないでいるうちに、車の用意ができたらしい。副社長の秘書が迎えにきた。

「明石さん、そのうち京志郎くんと三人でお話ししましょう」

すっかり叔父の顔になってしまった副社長が、秘書とともにエントランスを出て行く。

自動ドアが閉まってすぐに開き、社員が入ってきた。

気がつけば、エントランスには出社してきた社員の姿が見られるようになっている。

（社長……結婚するんだ……）

頭がぼんやりする。これはやっぱり夢ではないか。一睡もしないで出社してしまったという夢をみているのではないか。

「明石女史、おはようございます！」

駐車場で社長に会ったよ」

ふたり組みの男性社員に声をかけられ、意識を取り戻したように頭の中の靄が晴れる。

これは夢ではない、現実だ。

「社長もだけど、明石さんも今日は早いね。忙しいの？」

「朝から明石女史に会えるなんて嬉しいです」

ふたりは立ち止まって話しかけてくる。見覚えのあるふたりは営業統括室の社員だ。

フレンドリーな口調の彼はひとつ先輩、少々かしこまっている彼は入社二年目。イベント参加の際に何度か話をしたことがある。

快活で好印象なので営業向きではあるが、涼楓に言わせれば……少々チャラい。

「そうだ、今週末、営業と総務の有志で飲みに行くんだけど、明石さんも行かない？　営業部の女の子に同期も多いでしょ。彼女らも行くし」

「いいですね、行きましょう女史っ。ああ、でも、女史が来るって言ったら人数増えるな～。特に男が」

「あ、わたし、そういうのは……」

「場所とか時間が決まったら連絡するから。あっ、秘書課に言いに行くのもなんだから、連絡先かSNSのID教えてくれればそこに……」

フレンドリー先輩がスマホを取り出す。そのとき、ぐいっと腕を引かれた。

「おはよう、こんなところで立ち話をしている暇はない。仕事だよ、明石女史」

腕を引いて涼楓をその場から引き離したのは京志郎だった。駐車場で会ったと言っていたし、エントランスに入ったら涼楓を見つけたというところだろう。

「社長……、おはようございます。申し訳ございません、すぐ仕事に入りますので……」

ぐいぐい引っ張られるので、速足にならないとついていけない。こんな強引な態度に出られるのは初めてだ。立ち話をして遊んでいると思われたのだろうか。

「まだ始業前だ。その必要はない」

「ですが……」

どことなく機嫌が悪い気がする。表情はいつもどおり凜々しいままでも、苛立っている雰囲気が漂ってくる。

しかし京志郎にあの場から引き離してもらえたのは助かった。衝撃的なことが続いているせいで、頭の回転が鈍い。

社長室へ行くためにエレベーターホールへ向かうのかと思ったが、京志郎はそこを素通りする。エントランスの奥の通路に入り、人が通らない非常口近くで立ち止まった。

「どうしたんだ明石さん、いつもなら、あんなふうに誘いの声をかけられても軽く笑顔でかわすのに」

涼楓と向き合い、京志郎は小さく息を吐く。やはり男性社員をかわせなくなっていると察して助けてくれたのだ。

「申し訳ございません。……あの、社長……」

「なんだ？」

おそるおそる呼びかけたのが悪かったのか、反応が厳しい。

副社長の話では昨夜はとても機嫌がよかったという。涼楓のぼんやりとした対応を見て気分を悪くしたのかもしれない。

「手を……放していただいてもよろしいでしょうか。少し……痛くて」

「すまない」

腕を掴んでいた手はすぐに離れる。強く掴まれて、本当に少し痛かった。

よほど苛立たせてしまったのだろう。涼楓は両手を身体の前で重ねて頭を下げる。

「ありがとうございます。上手く立ち回れず、申し訳ございません」

「いや……、対応に迷って戸惑う君は……その……」

京志郎は激しく言いよどむ。こんなことは初めてではないか。少なくとも涼楓は知らない。

体調でも悪いのだろうか。心配になって顔を上げた涼楓は、京志郎の姿が視界に入った瞬間、大きく心臓が脈打ち……。

——壊れてしまうのではないかと思った。

「……とても、……かわいらしかった」

わずかに顔をそむけた京志郎は、照れくさそうに眉を寄せている。

……胸骨ごと、心臓が壊れそうだ。

(こんなの至福の絶頂じゃない!!)

予想外すぎる。まさか、ここにきて照れる京志郎を見ることができるなんて。おまけに涼楓を「かわいい」と言ってくれた。

幸せすぎてバチが当たるのではないか。

声を出したらドキドキしているのがバレてしまいそうなほど呼吸がままならない。それでもなにも言わないわけにはいかず、涼楓は震えないようか細い声を出す。

「あ……ありがとう、ございます」

まさか、ほぼ裏切るような形で辞めようとしている日に、幻聴でも経験したことのない言葉をもらえるなんて。

「とても、嬉しいです。社長に……そんな言葉をかけていただけるなんて」

「本当に?」

「はい。……ご迷惑をかけたあとなのに、こんなこと、……申し訳ございません」

「そんなことはいい。俺は……」

　慌てるように京志郎の手が腕に触れる。そこがちょうど先ほどまで強く握っていた場所だと気づいたのか、彼は戸惑いつつ手をひっこめた。

「明石さん……今日なのだが……」

「はい」

「仕事のあと、話がある。時間をもらってもいいだろうか」

　なんという偶然だろう。便乗して涼楓の話を聞いてもらう理由づけができた。

「大丈夫です。わたしも、終業後に社長にお話ししなくてはならないことがあるので」

「君が、俺に？」

「はい、ですので、お時間をいただければと」

「なんだろう。楽しみにしていてもいいこと？」

「それは……」

　むしろ、あまり楽しみにされては心が痛い。

「いや、答えないでくれ。仕事が終わるまで待とう」

　聞きたがっていた態度を一変させ、終業後のお楽しみにされてしまった。

「今日もよろしく。明石女史」

恐いくらいに凜々しいその顔は、表情はさほど動かなくても機嫌のよさが伝わってくる。伝わりにくく、わからない者が多くても涼楓にはわかる。京志郎に関してプライベートの彼以外のことは、きっと誰にも負けない。

「よろしくお願いいたします。社長」

京志郎を見つめ、いつもの秘書に戻る。

今日の仕事が終わらなければいいのに。――心の中で、そっと呟いた。


移動も多く、スケジュールも詰まり気味の日だったので、残業を覚悟したほうがよいかと考えていた。

……が。

「明石さんの話が早く聞きたいから、気合を入れるとしよう」

朝一の外出でネクタイを締め直しながらそう言った京志郎。彼の気合は、さすがに本物だった。

残業だなどとんでもない。終業時間前にすべて片づいてしまったのである。

(そんなに気合入れないでください！　わたしにもっと時間をくださいぃぃ!!)

心の叫びは届かない。秘書課の自席で、涼楓は頭をかかえる。

しかし本日の業務終了は間違いがない。あとはデスクを整理して、メールやデータの引継ぎ用にメモを残せば完了だ。

いきなり頭をポンポンッと叩かれ、驚いて顔を上げる。やよいが笑って手を振り、通り過ぎて行った。涼楓は慌てて立ち上がる。

「や、やよいっ」

声こそは小さかったがやよいは気づいてくれたようだ。不思議そうに近づいてきた。

「どうしたの？　そんなに慌てて。もしかして、やよいちゃんにデートのお誘いでもくれるのかな〜？」

「デートかぁ、したいなぁ」

「あっ、でも遠慮する。涼楓とデートなんて、すごい人の嫉妬を買いそうで恐い」

「須藤君？」

「あんな小物じゃなくて」

顔の前で片手を振る。かわいそうな言われようだが、これは恋人だからこそ許される特権かもしれない。

嫉妬を買うとは涼楓の弟たちのことを言っているのだろうか。姉弟で仲がいいのはやよいに話してある。

「ちょっと確認したいんだけど、もし今、わたしがいなくなっても……大丈夫だよね？」

「え？　なに、有給でもとる？　いいよいいよ、とっちゃえとっちゃえ。第一秘書様は優秀すぎて全部一人でできちゃうけど、第二秘書は三人もいるんだから充分回せるよ。気にしないで休みなよ」

「うん……ありがとう」

「旅行？」

「……まだ、決めてないけど、少し遠いところ」

「いいじゃない。どうせなら梅雨の日本を脱出してリゾートしておいでよ。でもあんまり長いと社長が寂しがっちゃうなー」

おどけて笑うやよいに合わせて涼楓も笑うが、本当は胸がずきずきと痛むばかりだ。

「決まったら教えてね」

やよいが自席へ戻っていくのを見送って、涼楓も椅子に腰を下ろす。

本当のことは言えないまでも、ひとまず自分が抜けたあとの穴は第二秘書たちが頑張ってくれるだろう。

（申し訳ないな……）

突然仕事を投げ出して辞めたと思われても仕方がない。大役を果たして落ち着いたら、やよいにだけは軽く大倉の妻になった事情を話してもいいだろうか。

もちろん、妻は妻でも内縁の妻であることは秘密だ。

世間的には結婚したということになる。自分が結婚をするなんて考えたこともなかったのに。

（妻、か……）

まさかこんな形で、それを名乗る身分になるとは思わなかった。

（社長も……結婚するんだな）

京志郎からの話というのは、意中の相手がいて、彼女との結婚を考えているという話ではないだろうか。

秘書である涼楓に事情を明かしておかなくては、結婚準備や結婚式に向けて仕事のスケジュール調整ができない。

（きっとそうだ……）

副社長から聞いた話によれば、機転が利いて行動力があって、かわいくて綺麗なお嬢さん、らしい。

男性としての魅力にあふれた京志郎が言う「かわいくて綺麗」とは、いったいどれほどの美人なのだろう。

（もしそんな人に会ったら……メンタル沈む）

秘書を続けていれば会えたのかもしれない。

ならば、辞めて正解だ。自分を守るために、涼楓は逃げなくてはならない。

京志郎から告げられるのが結婚報告なら、涼楓が告げるのも同じようなこと。お互い様、ではないのか。

そのときは「結婚報告、おそろいですね」と笑えれば、なんとかなる。

(笑えれば……)

笑えるだろうか。

京志郎が、幸せそうに「結婚する」と口にしたあとに。――好きな人が、結婚すると言っているのに。笑えるだろうか。

(無理でしょ……)

それでも、涼楓は笑わなくてはならない。「おめでとうございます」と、笑顔で言わなくてはならない。

「つらいなぁ……」

ぽつっと呟く。唇を内側に巻きこみ、浮かびそうになる涙をぐっとこらえて、片づけを続ける。

社長室へ行ったら、まずは京志郎の話を聞こう。笑顔でお祝いを言って「実はわたしも」と切り出せばいいのだ。

涼楓が快くお祝いを言ったあとなら、京志郎だって機嫌がいいだろう。いきなり辞めるのは事情があってのことだし、仕方がないと思ってくれるに違いない。

きっと、凜々しい顔で、涼楓が泣いてしまいそうなくらい優しい声で「おめでとう」と言ってくれる。

確実に泣いてしまうとは思うが、「社長に祝福していただけて嬉しいんです」と言えば、なんとかなる。

本当は京志郎との別れが悲しくてたまらないのだが、確実にごまかせる。

きっと、大丈夫だ――。

「なんだと……」

――しかし、大丈夫ではなかった……。

終業時間から三十分後、涼楓は社長室にいた。京志郎のデスクの前に立ち、冷や汗が出る思いで直立している。

涼楓としては、最初に京志郎の話を聞きたかったのだ。

だが、先を譲られた。ぜひ社長の話を先にと粘ったが、京志郎は頑として譲らない。

どうせお互いに結婚報告なのだ。涼楓の話を聞いてすぐに京志郎も「偶然だな、俺もだ」と話しはじめてくれるに違いない。

そう信じて、退職届をデスクに置いた。

続いて、返却するべき社員証、ＩＤカード、名刺、貸与されていた仕事用の携帯。「結婚することになりました。急で申し訳ございません今日付けで退職いたします」と言った次の瞬間、——京志郎の眉が寄ったのである。

(大丈夫。……と、思っていた時期がわたしにもありました……)

身体の前で重ねた手に汗がにじむ。この様子では、大丈夫、とはいえない……。

「……もう一度、言ってくれるか」

……声が恐い。

「はい……、このたび、結婚することになりました。諸事情により、急で申し訳ございません今日付けで退職いたします」

同じ言葉を繰り返す。その瞬間、京志郎が勢いよく立ち上がり、重厚なプレジデントチェアが大きな音をたてて倒れた。

椅子の音にも驚いたが、なんといっても京志郎の勢いに度肝を抜かれ、涼楓の身体が大きく震える。

怒鳴られる、と感じた瞬間、考えるより先に言葉が出た。

「申し訳ございません！　言ってすぐ辞める、なんて、非常識なのは重々承知しております！　ただ、やむにやまれぬ事情が……！」

「そんなことはどうでもいい！　相手はどんな男だ！」

「は……？」

(いや、どうでもよくないのでは？　社長っ！)

「君の口から結婚するなんて言わせた男は、どんな男だ！　いつ知り合った⁉　君に恋人がいたなんて、俺は知らない！　君も教えてくれたことがない！」

(気にするとこ……そこですか⁉)

なんの相談もなく早急に退職することを責められるのかと思えば、京志郎は涼楓の相手が異常なほど気になっている様子。

いつにない剣幕だ。なぜ彼はこんなにも気を荒立てているのだろう。

(荒立てて……、違う……)

怒っていると感じる者もいるだろう。苛立っているのだと思う者もいるだろう。しかし、違う。涼楓にはわかる。

――京志郎は、焦っているのだ。

(社長……？　どうして……)

なぜ焦る必要があるのだろう。仕事をやめることを責められるならともかく、結婚相手を気にして焦るなんて。

(もしかして……)

理由の可能性にハッと気づく。おそらく、これで間違いはないだろう。

(騙されてるのかもしれないって、心配してくれてる⁉)

普段から仕事ばかりで恋愛関係に興味がある素振りなんてまったく見せたことがないの

に、いきなり結婚退職を申し出てきた。

その手のことに免疫がなさすぎて、悪い男に騙されているのではと、心配をしているのではないか。

普段から恋愛の〝れ〟の字も見せないのは京志郎も同じである。自分のことを棚にあげて、……と思ってはいけない。

自分の秘書だからこそ、魔の手が伸びているのかもしれないと案じてくれているのだから。

（なんて優しいんだろう。社長……そのかすかに漂う焦燥感、確かに頂戴いたしました。密やかに焦る社長も素晴らしくナイスです！！！）

こんな状況ではあるが、感動で胸がいっぱいだ。

秘書として、こんなにもボスから気持ちをかけてもらえるなんて。なんて光栄で幸せなことなのだろう。

もらったこの気持ちを宝物にして、与えられた大役を務めていこう。

「ご心配くださり、ありがとうございます。社長」

「明石さん……」

「お相手は、幼いころからの恩人です。その方が強く望んでくださったんです。わたしを妻に、と」

「恩人……。それは、君と弟さんを援助してくれていた男性のことか」

涼楓はこくりと首を縦に振る。京志郎は涼楓が施設育ちであることも知っている。気を使ってくれていたのか彼から施設の話題を出されたことはないが、なにかの話のついでに、施設に入ったころから援助をしてくれていた恩人がいると話したことがある。

「待ってくれ。それはおかしくはないか。それではまるで、今までの援助の見返りに妻になれと言っているように感じる」

「それは違います。見返りなどでは……」

「いや、違わない」

デスクを回り、京志郎が涼楓の横に立つ。両腕を掴まれ彼のほうを向かされた。

「君の気持ちはどこにある。恩人に望まれたから、恩があるから、その気持ちだけで結婚しようとしているんじゃないのか」

「あの方がいなければ、今、わたしはここにはいません。それどころか、すでに両親の元へ行っていたかもしれない。弟たちも同じです。恩というひと言では言い表せない、愛情よりも尊い敬愛があります。わかっていただけますか」

「わからない」

即答だった。あまりにもあっさりと否定されて、涼楓は言葉を失う。

「君はそれでいいのか？　情で結婚を決めて、それを自分の意思だと言い張るのか。そんなのは間違っている。俺は認めない、認めたくない」

京志郎が必死になっている。困難な仕事にぶつかっても、冷静さを失わず焦りなど感じさせない人が、こんなにも周章狼狽して。

(わたしを、心配してくれているんだ。……社長が、ただの秘書であるわたしを……)

感動する以上の気持ちを、なんと言って表したらいいのだろう。心配をかけて申し訳ないと思うのに、京志郎に案じてもらえる自分を幸せ者だと感じてしまう。

——この素晴らしい人を、好きでよかった……。

京志郎の眼差しは憂いを帯び、その眼差しで見つめられるとゾクゾクする。体温が上がって鼓動が速くなる。

そんな目で見ないでほしいと思うのに、視線をそらせない。

「認めて……ください。社長に認めていただけないと……わたしは……、先へ進めない」

「それなら進むな。進まなくていい」

摑まれていた腕が放される。代わりに身体を引き寄せられ——抱きしめられた。

「しゃ……」

驚きで声が裏返る。とっさに動いた手が京志郎のスーツを摑み引き離そうとするが……。

摑んだところで動かなくなった。

京志郎の腕の中が、今まで体験したことがないほど心地いい。抱きしめる腕の力、彼のスーツの感触、匂い、スーツの向こうに感じる胸板の硬さ、耳元に感じる吐息が涼楓の感情を昂ぶらせる。

普通なら苦しくなるくらいの鼓動の速さも、ふんわりとした、あたたかいなにかに包まれてあいまいになる。

まるで、気持ちよくお酒に酔っているときのような感覚だ。

後頭部を撫でられ、髪をまとめている部分につけたヘアカフが取られる気配がした。

自然に顔が上がると京志郎と視線が絡み、ヘアゴムも取られたらしく髪の毛がふわっと広がる。

凛々しく綺麗な顔が近づき、――唇が重なった。

後頭部は支えられているが顔は自由に動かせる。唇をかわそうと思えばできるのに、涼楓は彼に唇をまかせ、まぶたを閉じた。

誰かと唇を合わせるなんて、初めての経験だった。自然と受け入れてしまったのは、彼の腕の中にいる幸せに酔ってしまったことと、彼になら唇を任せてもいいと心のどこかでずっと思っていたからではないか。

こんなにも誰かを想えるのは初めて。自分の心が誰かひとりの一挙手一投足に揺さぶられてしまうなんて。

……それならいっそ、最後まで揺さぶられてしまいたいと、思ってしまう。

重なり、擦り合わされる唇。京志郎の唇が、こんなにも柔らかくてあたたかい。

意外すぎて、とんでもなく心が昂ぶる。

「しゃ……ちょ、ぁっ……」

唇のあわいをぬってこぼれた声は、どこか情けなく思えて恥ずかしい。なのに……。

「そんなかわいい声、出すな……」

京志郎の困ったような囁き声が、体内を駆け抜けていく。ゾクッとしたものが背筋を走って腰がガクガクッと震えた。

なんだかとても恥ずかしい反応をしたような気がする。

なぜだかわからないままに羞恥だけが大きくなって、スーツを摑んでいた手を彼の背中に回してしがみついてしまった。

「涼楓っ……」

聞き間違い、それとも幻聴だろうか。京志郎が切羽詰った小さな声で涼楓の名前を呼んだように思えた。

考える間もなく身体を押され、数歩後退する。背中と腰を強く支えられ身体がうしろに倒れていったかと思うと、京志郎ともども大きなソファに倒れこんでいた。

「君を……俺の手から離さないためには、どうしたらいい」

ソファに仰向けに倒れた涼楓に軽く覆いかぶさり、京志郎が切なげに問いかける。こん

な体勢で彼に見つめられる日がくるなんて。

「……もし、ここで君を奪ったら……、君は俺のそばにいてくれるか？」

「社長……」

信じられない言葉を聞いているのと同時に、信じられないくらい余裕のない京志郎が目の前にいる。知性の塊のような人が、なぜこんなに……。

「そんなこと……言わないでください」

「無理だ……。どんなことをしてでも、君を離したくない」

京志郎が首元に指を入れ、ワイシャツの一番目のボタンを外しネクタイをゆるめる。その仕草を見ただけで腰の奥が重くなった。

「駄目です、わたしは、もう社長の秘書ではいられないから……」

「駄目だと言うなら、なぜ押しのけない。今君の手はどこにある。それだから、俺は希望を持ってしまうんだ。君が拒まない理由を教えてくれ」

涼楓は京志郎の背中に手を回したままだ。それもスーツを摑んで、彼にしがみついている。

押しのけられるはずがない。今この手を離したら、本当に京志郎には会えなくなってしまう。この恋心も、胸の奥底にしまいこまなくてはならなくなる。

（本当に、終わりなんだ……）

入社式で彼を見て、その日のうちに恋に落ちた。

彼のために働き、彼の役に立てるよう頑張った。すべて、尊敬するボスのために。大好きな、社長のために。

──大好きな、近衛京志郎という男性のために……。

「そんなの……、離れたくないからに決まってるじゃないですか……！」

胸のつかえを吐き出すように出た声は、嗚咽で震えていた。本当に泣き声が出てしまいそうになったとき京志郎の唇が再び重なってくる。

「んっ……」

先ほどのキスより唇の動きが激しい。吸いついたかと思えば下唇を食まれ、そこから広がっていく心地よい感覚に唇の力が抜けていく。

いつの間にか忍んできた熱い舌が、遠慮がちに歯列の裏をなぞっていく。涼楓がいやがる様子を見せないからか、徐々に奥へと進んできた。

口蓋を舌先で擦られ、おかしな熱で身体が熱くなる。衣服をまとっているのがもどかしく思えるほどの熱さなのに、脳は、まるで陽だまりにでもいるかのような心地よいあたたかさを感じている。

それだけ、京志郎がくれるキスが気持ちいい……。

無防備な舌を搦め捕られ、じゅくじゅくと吸われて口腔内が蕩け落ちてしまいそう。

官能的な痺れが広がってくる。吐息が細切れに吐き出され、両脚にむず痒いものが走って痙攣する。

「は……ぁ、っん、ぁ……」

されるがままになるしかできなかった。応えかたなんて知らないし、こういうときにどうするべきなのかもわからない。

そうしているうちにブラウスのボタンが外され前身ごろを開かれる。ブラジャー越しに大きな手が胸のふくらみを摑み、大きく鼓動が跳ね上がった。

「しゃ……ちょぅ、わたし……あっ」

「やはり、白くて綺麗な肌だ。思っていたとおり」

「ぁっ、……恥ずかし……」

「安心して、俺しか見ていない。……俺しか」

首筋にあたたかい唇が吸いつく。下がって少し上がってまた下がって、ゆっくりと鎖骨へ向かい、ときおり熱い吐息で肌を震わせる。

「ずっと、俺にしか見せないでくれ……」

「社……ぁっ、ンッ」

首を刺激されて、こんなに気持ちが高揚するとは思わなかった。京志郎の唇が触れた部分から微電流が全身に広がっていく。

京志郎がなにか囁いてくれているのはわかるが、初めての刺激に意識を持っていかれて上手く理解できない。胸のふくらみを大きく揉み動かされて、そこから広がる熱に蕩けてしまいそう。

(どうしよう……気持ちいい……)

これが〝感じる〟ということなのだろう。この歳になって初めて知った。

「ハァ……ぁ、社、長……わたし……」

「余裕がなくてすまない。こんな君を見たら……俺は……」

自分が冷静になれていないことを京志郎自身が理解している。

それでもなお余裕を取り戻せない。そんな彼を感じているのだと思うと、とんでもなく幸せだ。

そして、身体に触れられて感じるという初めての経験を与えてくれているのも京志郎だ。

こんな幸せがあってもいいのだろうか。

(社長……)

嬉しい。とても嬉しい。

このまま流れに身を任せれば、京志郎に抱かれてしまうだろう。それでもいい。むしろ、そうしてほしいと心が求めている。

いつかは経験するかもしれないことなら。京志郎に……。

——けれど……。

それは、京志郎に、彼の意中の人を裏切らせることになるのではないか。

結婚まで考えているという女性。副社長の浮かれようを見ても、話をしたときの京志郎は微笑ましくなるほど嬉しげに語ったに違いない。

彼が今、こうして涼楓に情を加えようとしているのは、社長職に就いたときから仕事をともにした秘書が離れていってしまうという喪失感からくる衝動的なものだ。

どうにかして引き止めたい。その一心で、涼楓を自分の手の内に納めてしまおうという誘惑に囚われかかっているだけだ。

この先へ進んでしまえば、彼はきっと後悔をする。心から愛した女性を裏切ってしまった罪悪感に苛まれる。

そんな苦しい想いを、京志郎にしてほしくはない。

「社……長ぉ……ぁっ、ん、ンッ」

こんなことをしてはいけないと理性が騒ぐのに身体は彼を感じたがる。ブラジャーのカップから白いふくらみを引き出され、そこに彼の唇が触れると、どうしようもなく肌が歓喜する。

「ん……ぁぁっ……」

甘えたか細い声が漏れ、吐息が乱れる。身体はすでに京志郎を求めていた。

（わたし……なんてズルイんだろう……）

されるがままになっていれば、心も身体も満たされる。どうせならハジメテは京志郎に……という欲望も果たされる。

だが、その代償は京志郎の罪悪感だ。

衝動に負けて心に決めた女性を裏切ってしまった自分を、彼はどんなに責めるだろう。

京志郎を苦しませるなんて、できない。彼が苦しむなんて考えるだけで、つらくて涙が出てくる。

「社長……ぁっ」

京志郎の片手が涼楓の太腿を撫でる。——このままではいけない。こんなこと、させてはいけない。

しっとりとした手つきが官能的で、力強い手の感触が涼楓の感覚を扇情する。——これ以上は駄目だ。引き返せなくなる。

「駄目……です」

スカートの中に忍んでこようとした手を掴む。力は入れていない。けれど、彼の手はそこで止まった。

これ以上進ませてはいけない。彼に後悔をさせてはいけない。

——たとえ、京志郎への想いが滾りすぎてつらくても……。

「もう、駄目、です……。裏切ることに……なるから……」

出した声は泣き声だった。声だけではなく、本当に涙が流れた。

「こんなこと……しちゃ、駄目……」

胸が痛い。大声で泣いてしまいたいくらいつらい。

──京志郎から、離れたくない……。

摑んでいた京志郎の手が太腿から外れる。ブラジャーのカップを戻し、ブラウスのボタンを留めはじめた。

「すまない……」

おそるおそる京志郎に目を向ける。悲しいようなつらいような、悔しいような、なんとも表現できない表情をした彼を見て、また涙があふれた。

「俺は……自分の勝手な欲望で、とんでもないことをするところだった……」

ボタンを留め、ブラウスの裾を軽くスカートのウエストに入れてくれる。自分のハンカチで涼楓の涙を押さえるように取った。

「君は、純粋で高潔な女性だ。……たとえ敬愛から生まれる結婚であろうと、その相手を裏切ることはできないだろう。それなのに俺は……。本当にすまない」

先にソファから下り、涼楓の身体を支えてゆっくりと起こす。

顔を向けると視線が合う。──お互い、とても切ない表情をしていた。

先に顔をそらしたのは京志郎だった。立ち上がり、背を向ける。

「君は、本当に優秀な秘書だった。俺は、君に救われてばかりだったように思う。ありがとう」

涼楓は黙って京志郎の後ろ姿を凝視する。なんだろう、この、ぽっかり穴が開いてしまったような感覚は。大きな虚無感は。

それが喪失感だと気づいたとき、涼楓は急いで立ち上がり、振り向かない京志郎に頭を下げた。

「わたしのほうこそ、社長のような素晴らしい方について仕事ができましたこと、光栄に思っております。ありがとうございました」

「仕事のことは心配しなくていい。第二秘書たちは、みんな優秀だ。充分に、君の代わりを務めてくれる」

「……はい。では、失礼いたします」

もっと話したい。もっとそばにいて彼を感じたい。

しかし、それはできない。

これ以上そばにいたら京志郎の背中にしがみつきたくなる。

断腸の思いで顔をそらし、振り返ることなく社長室を出る。

私物をまとめた袋やバッグを更衣室に取りに行き、顔を伏せたままエレベーターでエントランスまで下りた。

顔見知りの社員に会わなかったのは都合がよかった。今話しかけられて、普通に笑える自信がない。

「お疲れ様……あれ？　明石さんですか？」

ビルを出ようとしたところで声をかけられる。誰かと思えば、今朝もここで話しかけてきた警備員だ。

「髪、ほどいているから、最初わかりませんでした」

「髪……あっ」

社長室で京志郎にほどかれたのだ。今まで気にしていなかった。

もしかしたら髪をほどいてうつむいていたから、すぐには涼楓だとわからなくて誰にも声をかけられなかったのだろうか。

「大荷物ですね。大丈夫ですか？　傘、持てますか？」

「傘？」

自動ドアの内側からでもビル前の通路が濡れているのがわかる。雨が降っている気配はなかった。

「霧雨ですね。少し前から降りはじめた感じです」

「このくらいなら大丈夫です。ご心配、ありがとうございます」

極力普通に声を出し、自動ドアの前に立つ。ガラスドアが開くと、警備員が爽やかに送り出してくれた。

「お疲れ様でした。お気をつけて」

最後のねぎらいをもらい、ビルの外に出る。

もう二度と、この中に足を踏み入れることはないのだろう。

二度と、京志郎と一緒にエントランスを歩くことも……。

考えたら涙が出そうだ。涼楓は速足で歩きだす。じっとりとした空気の中、顔や髪に霧雨がまとわりつく。

もう少し、京志郎との思い出に浸っても大丈夫かもしれない。涙が出ても、濡れた髪からしたたる水滴でごまかせる。

「さようなら……近衛京志郎さん」

髪からしたたる前に、涙が頬を流れていった。

その数日後には、大倉の屋敷に涼楓をはじめとした誠と実の姉弟がそろった。

弟たちもそうだが、涼楓もアパートは解約せずそのままにしてある。管理会社には、しばらく留守にするが定期的に戻ってきて郵便物などは回収する旨を伝えてある。

大役を果たしたあと、住むところがないのは困る。弟たちは学生専用のマンションなので心配はいらないが、涼楓は無職だ。

無職でアパート探しは、少々つらい。

会社からも退職に関係する書類が送られてくるだろう。それを受け取れる場所がないと困る。

一緒に暮らすとはいっても、大倉はほとんどの時間を薬で眠っていた。

彼には専任の看護師がついているし、一日に一度は必ず主治医が往診に訪れる。看護師が異常を知らせたときには主治医の他、看護師も増員された。

顔見知りの家政婦たちも健在だ。最後のお勤めと言って屋敷を隅々まで綺麗にし、毎日食事を作ってくれた。

一応〝妻〟という肩書きをもらっている涼楓がやれることといえば、目が覚めているときに大倉と話をしたり、気分がよさそうなときは車椅子を押して屋敷の庭を散歩するくらい。弟たちも同じだ。

大倉と接するときは看護師の許可をもらわなくてはならない。大倉は病気の進行による体の痛みをやわらげるため多量の医療用麻薬を使用していることもあり、終末期譫妄《せんもう》の症状がないか確認してからではないと接する許しが出なかった。

譫妄の症状があっても、それだって大倉を最後まで見守るうちのひとつなのだから関わっていきたいと話したこともあるが、それは大倉が望むことではなかったらしい。涼楓や弟たちに、いつもとは違う精神状態の自分を見せたくない。大倉は、それを強く看護師や主治医に頼んだのだ。

一緒にいられるときは、涼楓も弟たちも笑って話をして、庭で風に当たりながらお茶の時間を楽しんだ。

梅雨が明けて夏本番になり、陽射しはまぶしく緑は鮮やか。

外気が暑すぎる夏は適温の室内で夏の陽射しを感じ、大倉を囲んで思い出話に花を咲かせた。

主治医も言っていたが、大倉の病気の進行は早く、夏の終わりには元の姿が信じられないほど痩せて小さくなってしまった。

話もあまりできなくなっていたそんなとき、大倉が涼楓の手を握って、懸命に話をしてくれたのだ。

「ありがとう、すずか……。すずかは、大切なものを諦めて、ここへきてくれたのだろう……。すまなかったね」

大切なものと聞いて、すぐに思い浮かんだのは京志郎の姿だったが大倉が彼を知っているはずはないし、涼楓の気持ちを話したこともない。

おそらく仕事のことだろうと見当をつける。仕事が楽しくてやりがいがあると、何度か話をした。

「自由になったら、大切なものを、とりもどしなさい……。すずか、まこと、みのる、三人が幸せになってくれることが、私の、ねがいだ」

また仕事をしようと思えば、求職活動をすればいい。だが、本当に戻りたい場所には、もう戻れない。

京志郎を思いだして涙が出そうになる。それをこらえて、涼楓は大倉を安心させることに努めた。

「ありがとう、おじいちゃん。きっと、取り戻します。大丈夫、わたしも誠も実も、昔から幸せだよ。だって、おじいちゃんがいたもん」

大倉は、嬉しそうに微笑んでくれた。

――余命六ヶ月と伝えられていた期間を待たずに、三ヶ月後の初秋、大倉は眠るように息を引き取ったのである。


大倉の四十九日法要を終えた、晩秋。

遺贈や屋敷の売却、最後まで大倉に関わってくれた家政婦たちへのお礼も済み、涼楓もアパートへ戻った。

三ヶ月間、そして四十九日を迎えるまでのあいだ屋敷にいた。弟たちも一緒で、毎日家政婦たちと何気ない話をし、料理のレシピを聞いたり一緒に作ったり。看護師や主治医とは大倉の容態について話し合い、ときに健康豆知識や弟たちが耳をかたむける薬の知識を一緒に聞いたりしていた。

にぎやかな期間が長かった。そのせいか、いきなりひとりになると静かすぎておかしな気分だ。

人恋しくて、やよいに連絡を取ってみようかと思い立った。

入社以来仲良くしてきたのに、理由もなにも言わずにやめてしまったのだ。きっとたくさんの迷惑と心配をかけただろう。

会社を辞めて涼楓のほうから連絡をしていないのもあるが、やよいからも連絡はきていない。彼女の性格からして、涼楓が直接理由も告げず辞めるようなことをすれば、「どうしたの！」と慌てて連絡をよこしてもおかしくないのだ。

連絡をする気にもなれないほど、呆れさせてしまったのだろうか。

……呆れているだろう。当然だ。

仮にも社長第一秘書。どの秘書よりも責任をもって務めなくてはいけない立場なのに。

退職するとの挨拶もなしに辞めてしまったのだから。

ひとりきりの部屋では、テレビから流れる、観てもいないバラエティ番組が無駄に室内をにぎやかす。

ひとりきりの沈黙を寂しく感じてしまうせいか、アパートに戻ってからテレビを点けっぱなしにする癖がついてしまっていた。

人恋しくてやよいの声が聞きたくなったり、ひとりきりの部屋が寂しかったり。以前はこんな弱気になることはなかったのに。

ローソファの上で膝をかかえ、手にしたスマホを眺める。電話をしようかメッセージを送ろうか、何度も迷ってはやめるを繰り返す。

以前はひとりでいても寂しいなんて感じたことはない。出社して、一日中京志郎に接して、外見に似合わないかわいらしさを摂取しては幸福感を得ていた。

明日も会社に行けば京志郎に会える。その気持ちが、寂しさなど寄せつけなかったのだ。

――――自由になったら、大切なものを、とりもどしなさい……。

大倉の言葉を思いだしてしまうたび、涼楓は苦笑いをもらす。

「もう……取り戻せないんだよ……。おじいちゃん……」

スマホを持ったまま膝に顔を伏せる。着信音が響き、弟だろうかと何気なくスマホを見た。

「えっ！」

思わず声が出て、必要以上に目を近づけスマホの表示をまじまじと眺める。

そこには〝近衛社長〟とある。

(社長⁉　どうして⁉)

心はパニックだ。表示を見つめたまま勢いよく立ち上がると、着信が途切れた。

なぜ京志郎が電話をかけてきたのだろう。間違えただけだろうか。もしくはまだ繋がるのか試してみただけとか……。

(そういえば、書類……)

ふと思いだす。退職後、それにまつわる書類が送られてきていない。

屋敷にいるあいだは、数日おきにアパートに戻って郵便物などのチェックをした。会社からの郵便物はなかったのだ。

(もしかして、それのことで電話がきたんじゃ……)

それなら素直に応答すればよかった。かけ直したほうがいいだろうかと迷っているうちに、再び着信音が響いた。

やはり京志郎からだ。ごくりと空気を呑み——応答した。

「もしもし……」

『明石さん』

聞こえてきたのは、まぎれもなく京志郎の声だ。胸がいっぱいになって息が詰まる。すぐ返事をしたいのに声が出なかった。

『あ……、すまない。……旧姓でしか呼びたくなかったので』

一瞬なんのことかと思ったが、京志郎には結婚すると伝えてあるから涼楓の苗字が変わったと思っているのだろう。

実際には変わっていないし、屋敷で暮らしていたころも下の名前で呼ばれていたので意識していなかった。

それにしても……。

(戸惑う社長の声……、なんかかわいい……。え？　これ、夢じゃないよね)

久々に京志郎のギャップを感じて大感動である。

『君の結婚相手の訃報を知って、連絡してもいいものか迷ったのだが……。どうしても連絡を取りたくて』

「あ……、なぜ知って……」

京志郎に大倉の名前を教えたことはない。訃報自体はなんらかの形で知ることはできるかもしれないが、名前がわからなければ涼楓の相手だとは判断できないだろう。

『明石さんが入っていた施設に、君たちを援助していた大倉氏の話を聞いた。こういうことは第三者に教えてもらえるものではないだろうから駄目もとだったのだが……。いくらか積んだら、いろいろ教えてもらえて。訃報も施設からの連絡で知った』

「そ、そうですか」

本来漏らしてはいけない情報だが、「いくらか積んだら」と聞けばわからなくもない。いろいろとゆるんだ部分のある施設だった。涼楓や弟たちは大倉が施設に毎月大きな金額を寄付してくれるおかげで、平穏に暮らせたようなものだ。

『会って話がしたい。時間をもらえないだろうか』

京志郎に会える。夢のような話だ。

あの日、二度と会うことはないだろうと覚悟をして会社を出たのに。

話とは退職にまつわる書類の件だろうか。送ってもらえれば説明されなくても対応できるのだが……。

そんなことを考えつつ、違う話である可能性のほうが高い。

……どうしても辞めた日のことを思いだしてしまうせいか、ただの事務的な話だと思えないのだ。

『君の都合がいい時間に合わせる。もちろん、会社以外の場所でいい』

会いたい。けれど、あんな形で辞めたのに、いいのだろうか。

『君が戸惑う気持ちはわかる。けれど……会いたいんだ』

彼の声で発せられる「会いたい」の言葉に鼓動が高鳴る。

「わかりました」

我ながら、寝返るのが早い。明日の午後、涼楓がよくランチで利用していた喫茶店で会う約束をして通話を終えた。

(社長に会える)

鼓動が騒ぎだす。それも京志郎のほうから「会いたい」と言ってくれているのだ。

浮かれそうになる自分を、涼楓は書類の話をされるだけだと考えることで抑えこんだ。


翌日、ランチタイムもすぎ閑散とした喫茶店で、奥のテーブル席に座った涼楓は緊張しながら京志郎を待った。

緊張しすぎて、約束の三十分以上前に来てしまったのは内緒である。

カラン……と、喫茶店のドアが開く音がする。指定された時間までまだ十五分近くあるので京志郎ではないだろう。

勝手に決めつけ、弟たちが所属する研究室のSNSをスマホで見ていた。

「俺のほうが早いと思ったのに、先を越されていたみたいだ」

忘れようと思っても忘れられなかった声が降ってくる。とっさに顔を上げると、テーブルの横に京志郎が立っていた。

「久しぶりだね。明石さん」

「あ……」

感動ですぐに言葉が出てこない。

洗練された三つ揃いのスーツ姿は変わらず素敵で、凛々しさ漂う涼しい切れ長の目元、綺麗な鼻梁。形のいい唇。

その唇が意外にも柔らかくあたたかいことを思いだし、急に頬が熱くなった。

この喫茶店の雰囲気に合った、少々レトロな白いエプロンをつけたウエイトレスが注文を聞きにくる。京志郎がコーヒーを頼むあいだ視線がそれたので、急に赤くなった顔を見られずにすんだ。

「もしかして待たせてしまったかな？　すまなかった」

「い、いいえ、わたしも来たばかりですから……」

ごまかそうとするものの、涼楓の前には半分以上減ったアイスコーヒーのグラスがあり、それを京志郎が見ているのに気づいて……気まずい。

「思ったより元気そうで、安心した」

気を使ったのか話を変え、京志郎は向かい側の席に腰を下ろす。涼楓も居住まいを正して頭を下げた。

「お久しぶりです、近衛社長。お元気そうでなによりです」

「やっと少し元気になったところかな。少し前まで、右腕だった秘書がいなくなってけっこうしょんぼりしていた」

「それは……」

涼楓がいなくなったことを言っているのだとわかる。

これ見よがしに遠まわしな言い方をしているが、当人に悪気はないだろう。軽く皮肉を言ったくらいの認識だ。

「冗談だ。気にするな」

「大丈夫です。気にしていません」

「そう言われると悔しいな。気にしてくれ」

「いやです」

にこっと笑顔を作って会話につきあうものの、涼楓の心には久々の嵐が吹き荒れていた。

（しょんぼり！　しょんぼりですかっ！　いいですね、しょんぼり!!　素晴らしくかわいいです！　ありがとうございます、社長っ!!）

昨夜の戸惑う雰囲気以上の破壊力。心が狂喜乱舞する。

（ああ、やっぱり社長のこのギャップ、たまんない）

会ってもいいのかと迷いもしたが、思いきって決断してよかった。しばらくこの幸せに浸っていられそうだ。

「やはり、明石さんと話していると気持ちが安定する。迷ったが、昨夜電話してよかった。……四十九日もすぎたころだし、連絡してもいいかと。なんだか、不謹慎なことを言っているようで申し訳ない」

「そんなに気にしないでください。いろいろな手続きとかも終わって、わたしもホッとしたところです。社長の声が聞けて、とても嬉しかったです」

「明石さんにそう言ってもらえると嬉しい」

クールな顔で「嬉しい」を口にする。社交辞令かと思う者もいるかもしれないが、涼楓にはわかる。

（社長、本当に嬉しそうにしてくれてる）

京志郎がかもし出す空気が柔らかい。彼が嬉々としているのが涼楓に伝わってくる。こうなると涼楓も浮かれてしまって、彼が安堵してくれるだろう話題を口にした。

「それと、〝明石〟の名前で呼んでくださって大丈夫です。わたし、復氏届を出しているので、名前は明石になっていますし戸籍も以前のものに戻っているので。……復氏や戸籍については、わたしはまだ若いからと、大倉の希望だったんです」

「そうか……。そうだな、明石さんはまだこれからの女性だし」

わずかに目を見開きつつ納得する京志郎を、涼楓はホクホクと見守る。驚くも安心してくれているのが手に取るようにわかる。

復氏届を出したから、というのは弁護士に助言を受けた言い訳だ。

実際には内縁の妻だが、世間的に正式な妻だったことになっている。涼楓が明石姓を名乗っていることをおかしく思う者が出てはいけない。そこで理由づけがされた。苗字を旧姓に戻す、復氏届というものを出し、戸籍も戻したことにする。これで安心して今までどおりの名前でいられるのだ。

京志郎のコーヒーが運ばれてくる。ブラックのままカップに口をつける彼を見つめていると、目が合いそうになって慌ててアイスコーヒーのグラスを手に取った。

（素敵だな……やっぱり）

ドキドキと熱くなる胸はアイスコーヒーの冷たさでいなされる。

同じ空間にいるだけで、こんなにも心が躍り気持ちが安らぐ。いつも京志郎のそばにいられたらいいのに……。

いまさらながらそんなことを考えてしまう。

しかしそれはいけないことだろう。京志郎には意中の女性がいた。女性との仲はどうなったのだろう。結婚話は進んでいるのだろうか。

気持ちに踏ん切りをつけるためにも、そのあたりは聞いておいたほうがいいかもしれない。顔を向けると涼楓を見つめていたらしい京志郎と目が合い、ドキッとした。

コーヒーカップを置いた彼は、深く低い声で涼楓を惑わせた。

「君を手放したことを、後悔している」

信じられない言葉で……。

一心不乱に歩く。ひたすら先だけを見て足を進めた。

その姿は、目標に向かって勢いをつけているようにも見える。または腹立ち紛れか……逃げているか。

正解は三番目である。喫茶店を出て、涼楓は逃げているのだ。

京志郎に会えたのは嬉しかった。もっと話をしたかったし同じ空間にいたかった。だが、あの夜のことを言われると、どうもいたたまれない。

あの夜、涼楓は京志郎に抱かれてもいいと思った。

だが結婚前に不貞を働こうとしている自分を憐れんで泣いているのだと誤解をした京志郎は、その手をとめてしまった。

あの判断は正解だったと思う。もしあのままふたりが身体を重ねていれば、京志郎だって意中の女性を裏切ったことになるのだ。

それだから、お互い離れて正解だったのに。なのに……。

――――君を手放したことを、後悔している。

あんなことを言われてしまったら、気持ちが揺らぐ。

自分の心のためにも、京志郎の幸せを願えばこそ彼への想いは封印しなくてはならないのに。

だからこそ、あの日、もう会うことはないだろうと覚悟をした。

（あれ？　なのになんで会おうと思ったんだっけ）

会って話をしたいと言われ、断らずに出向いてしまったのは……。

「あっ！」

声を漏らし、足を止める。

「そうだ……社長に大事なことを聞くのを忘れてた」

「大事なことって？」

「うん、ほら、退職後の書類いろいろの件で……えっ⁉」

つい出てしまった言葉に反応され、答えかかったものの、誰に問われたのか疑問が湧く。

慌てて顔を向け、「ひっ！」と虚をつかれた声が出た。

「オバケでも見たような声を出すな」

背後に京志郎が立っていた。腕を組んだ彼が、まさに真後ろにいる。

「しゃ、しゃちょぉっ、なんで……！」

あまりに驚いて声がひっくり返ってしまった。ついでに「オバケ」発言に胸がきゅんっとする。

（きゅんっ、とかしてる場合かっ）

驚きついでに自分を責めるが、「幽霊」ではなく「オバケ」だったのがポイント高い。

「なんでって、話が終わっていないのに店を出ようとするから追いかけてきた。明石さんの急ぎ足は久々だったが、歩調はぴったりだ。ふたりで過密な移動スケジュールをこなしていたころを思いだす」

「そ、そうですね……」

秘書時代、同日イベントを何箇所も回らなくてはならないとき、現地での予定や次の移動までの時間を確認しあいながら歩いた。

やよいいわく、ハードスケジュールをこなす京志郎と涼楓は、よく並んで歩けるなと感じるほど移動が早く、話し合っているのはわかるが自分たちの世界すぎて暗号で話をしているのではないかと思うくらい殺気立っているらしい。

『あの状態のふたりに話しかけるのは自殺行為だって、みんな言ってる。あたしも近寄りたくないもん』

……と、よく言われたものだ。

とすると、店を出てからずっと京志郎がうしろからついてきていたことになる。それもこの様子だと真後ろに。

そんなことにも気づけないくらい必死に歩いていたらしい。

「俺の話もまったく終わっていないのだが、明石さんもなにか話したいことがあったようだ。退職の書類とは、なんのことだ？」

聞いてくれたのは都合がいい。話そうとするが、ずっと速足で歩いていたのと驚いたのが重なって息があがる。なかなか声が出ない。

すると、京志郎が腕組みを解いて軽く腕を身体の横で広げた。

「明石さん、ほら、深呼吸」

「あ……はい」

導かれるまま大きく息を吸って……吐く。もう一度吸って……吐く。

三回も繰り返すと、呼吸も落ち着いた。

「話せるか？」

「はい、……ありがとうございます」

なんだかくすぐったい。秘書時代も、緊張が高まると京志郎に深呼吸を促された。

入社の日も、社長室に呼び出され第二秘書に抜擢されて動揺する涼楓に深呼吸をさせ、自分も入社式の登壇前に深呼吸をしたと話してくれた。

京志郎の優しさと「心臓がばくばくした」という密かなかわいらしい部分に触れて、すっかり彼の虜になってしまったのだ。

落ち着いたところで、涼楓は聞こうと思っていた件を口にする。

「退職後にいろいろと書類が送られてくるかと思っていたんです。わたし、退職届を出してすぐ辞めるっていう失礼なことをしてしまったので。でも届いていなかったので……。

もしかして社長にお会いしたときにいただけるのかと」

「書類、とは？」

「離職票とか、雇用保険被保険者証とか、源泉徴収票、ですね」

「なるほど」

京志郎はうんうんと首を縦に振り納得する。

……が、言葉の続きがない。

（いや、なるほど、じゃなくてね……）

これらの書類の意味を知らないわけではないだろう。涼楓は京志郎の様子を窺いながら
続きを口にする。

「あの……最悪、雇用保険被保険者証だけでもいただかないと……」

「必要か？」

（いや、必要か？　じゃなくてね！）

「新しい職に就いたときに必要になりますので」

「なら就かなければいい」

（いや、就かなければいい、じゃなくてねぇ!!）

このあっけらかんとした態度を、どう理解しよう。

もしや大倉が資産家であることを知って、遺産を相続しただろうから働かなくてもいいだろうと思っているのでは。

確かに莫大な金額を遺贈された。五回くらい桁を数え直したほどだ。

遺贈金も莫大だったが、税金プラス割り増しも莫大だった。しかし引かれて残った金額も莫大である。

あの金額を見たら働くのが馬鹿らしくなる人もいるだろう。だが涼楓は、見なかったことにして働きたい。

「まあ、ひとまずそれは置いといて」

(置いとかないでくださいっ！　ってか、そのゼスチャー、ナイスです!!)

反抗しつつも絶賛は忘れない。物を持った形にした両手を横に移動させる、よく見るゼスチャーではあるが、京志郎がやると格別である。

「俺は、君との約束を果たしたい。今回会いたいと言ったのは、そのためだ」

「約束？」

「ああ、君を食事に誘いたい」

「食事ですか？」

「約束しただろう。また改める、と」

なんのことだろう、なんて言わない。夢にみるほど覚えていたことだ。

四ヶ月半前、ハードスケジュールのお疲れ様を込めて食事に誘ってくれようとしていた。しかしその日は大倉や弟たちと食事をする約束をしていた日。

理由を言って断る涼楓に、京志郎は言ったのだ「また改めることにしよう」と。

「明日の夜はどうだろう。ちょうど週末だし。食事をして、少し酒でも飲みながら話をしないか？　行きつけのバーはカクテルの種類が多くて、きっと明石さんも気に入ってくれると思う」

行きつけのバーという言葉にピクッと食指が動く。これは、京志郎のプライベートを知れるチャンスではないか。

おまけに、退職する前に言ったことを律儀に覚えていて誘ってくれるなんて、なんて義理堅くていい人なのだろう。

（さすが近衛京志郎社長。お心遣いが素晴らしい。その凜々しすぎるお顔からは一見想像もつかないあたたかさです！）

心の中で盛大に崇め奉る。ほぼ見惚れるように京志郎を見つめていると、彼も涼楓を見ていることに気づいてさりげなく視線を外した。

「そ、そういえば……、そんなことを言われた記憶もあります」

「いきなり辞めてしまったから、君との約束を守れなかったのが心残りだったんだ」

「律儀ですね」

「……君との約束を、忘れるわけがない」

視線を戻す。京志郎はまだ涼楓を見つめていた。

「ＯＫしてくれる？」

これは、普通なら自然消滅しているような約束を律儀に守ってくれているだけだ。京志郎の気まぐれな心遣いだ。

彼に罪悪感を抱かせるような誘いではない。それなら、ＯＫしてもいいのではないか。

涼楓は懸命に自分に言い聞かせる。

そうしないと、自惚れてしまいそうだ。

「わかりました。お誘いくださり、ありがとうございます。嬉しいです」

浮かれないよう、なるべく冷静に答えを出す。

それでも、返事を聞いた京志郎が口元を微笑ませたのを目撃してしまい、――心臓が止まるかと思うくらい、心が浮かれてしまった。

第三章　不器用に甘くて鈍く蕩ける

「社長、なんかご機嫌ですね」

社長室で第二秘書の牧村やよいに声をかけられ、京志郎は顔を上げる。

手に持っていた〝改良版・でんでけでん太鼓だよ〟を小さく振ってみた。

「そう見えるか？」

「はい」

躊躇なく答え、真面目な顔で何度もうなずく。京志郎の手の動きに合わせて〝改良版・でんでけでん太鼓だよ〟がでんでけでんでけでんでけでんと電子音をたてた。

「第一秘書の明石さんがよく言っていました。社長は機嫌がいいと試作品を長いことさわって遊んでるって」

「明石さんは正しい」

否定もせずうなずく京志郎を見て、やよいがニヤッとする。

「明石さんがアメリカに行ってしまってから、ご機嫌な社長なんて初めて見ました。もしかして、明石さんの帰国が決まったんですか？」

「なぜそう思うんだ？」

「社長がご機嫌だからです」

話が戻ってしまったような気がする。つまりは明石涼楓がらみで京志郎の機嫌がいいと言いたいのだろう。

（間違いではない）

今日は朝から気分がいい。

正確には昨日、涼楓に会った直後から気分がいい。

なんといっても涼楓と食事の約束ができた。やっと……やっと、彼女を誘えたのだ。京志郎の機嫌は最高潮にいい。なんなら〝改良版・でんでけでん太鼓だよ〟を一日中鳴らしていたいくらいだ。

「もう四ヶ月以上ですよね。わたしも会えるのが楽しみです。社長はもっと楽しみだとは思いますが」

やよいが涼楓と仲がいいことは京志郎も知っている。だからこそ、この嘘がばれないよう気をつけてきた。

「そうだな。明石さんが戻ってきてくれるのが楽しみだ」

涼楓は、アメリカの系列会社に出向していることになっている。京志郎の両親、先代社長がCEOを務める会社に、秘書としての勉強のために呼ばれたと説明してあるのだ。

もちろん、父親にも口裏を合わせるよう頼んである。「息子が跡取りも儲けず一生独身でもいいなら断ってもいいですよ」と言うと速攻で協力OKが出た。

昨日会ったときに、退職に関わる書類が送られてきていないと涼楓に言われたが、退職したことにはなっていないのだから当然である。

給与も賞与も発生しているが、あえて止めてある。離職票も雇用保険被保険者証も渡せるわけがない。だいいち、他の会社に再就職させる気などない。

涼楓を手元から離す気など、京志郎には一ミリもないのだ。

退職届を出されたときは、我ながら自己嫌悪に陥るほどムキになってしまった。泣いた彼女を見て己の愚かさを悔いたものの……。

生まれて初めてこれほど惚れた女性を、恩だの情だのの都合で諦めてたまるか。

なんなら、その恩人が今まで涼楓にかけた金額のすべてをつき返してでも彼女を取り戻そうと思った。

それだから、会いに行ったのだ。——大倉茂敏に……。

「ところで牧村さん、女性としての君に教授願いたいのだが……」

「なんですか？」

「久しぶりに会った男から花をもらうのは嬉しいだろうか」

京志郎のサイドデスクからファイルを片づけようとしていたやよいの動きが、はたと止まる。なにかを考えるようにキュッと眉を寄せた彼女は、ファイルを胸に抱いて深刻な声を出した。

「どういった関係性かによって変わります」

「関係性……」

「親しくない男性にいきなり花とかもらっても『ストーカーかっ』と警戒します。関係性は大切です。そうですね、たとえば、幾多の困難な仕事をともにした上司と部下、という例でお答えしてもよろしいですか」

「それでいこう」

かすかにやよいがニヤッとしたように感じるが、そんな顔はしていませんといわんばかりのクールさで彼女は小さな咳払いをする。

「嬉しいでしょうね。いわばかけがえのない同志に歓迎されているということですから」

「そうか。ちなみに、花はやはりバラとか華やかなものがいいのだろうか」

「これも好みですね。かえって大輪のバラの花束などでは派手すぎて気後れするかもしれません。あっ、そういうのが好きな人もいるとは思いますが……、たとえば明石さんあたりだとスプレーバラなどがかわいらしくて好きですね」

「スプレーバラ?」

「一枝に小さなバラが数個咲いているものがありますよね。あれがスプレーバラです。色も大切です。真っ赤とか濃いピンクより、サーモンピンクのような、ふわっとした色のほうがかわいらしくていいと思います。例えですけど〝明石さんは〟仕事熱心な女性ですから、癒される雰囲気のお花のほうが嬉しいと思いますよ」

「なるほど」

「大きさも重要です。あまり張り切って大きくすると、もらうほうも驚きますから。片手で軽く持てるくらいの大きさ、でも小さくなりすぎない感じ。そうですね、例えるなら〝明石さん〟の顔の大きさくらいでしょうか。彼女、小顔でかわいらしいので、あのくらいが気を張らない大きさでいいかなと思います」

「それはわかりやすい」

「仕事で疲れた女性なら、ラッピングにもこだわりたいですよね。せっかくかわいらしい花束なのに、ラッピングが派手では興ざめです。ふわっとしたシフォンのリボンとか、似合うと思うんですよね。……あっ、すみません、明石さんを例にしていたものですから、彼女に似合う前提でお話ししてしまいました。別に彼女にあげるわけではないのに」

やよいはふふふっと笑うとファイルを胸に抱いて頭を下げる。

「それでは社長、私も失礼いたしますね。どうぞ〝よい週末を〟お過ごしくださいませ。ふふふふふ」

妙に機嫌がよくなっているような気がする……。

「ご苦労様。牧村さんも、よい週末を」

いつもどおりの調子で返すと、やよいは「ふふふふふ」と笑いが止まらない様子で社長室をあとにした。

「……仕事が終わったから、機嫌がよくなったのかな」

なんといっても週末だ。若い女性なのだから、いろいろと予定もあるだろう。

機嫌がいいと言われれば、京志郎だって気分が上がってきている。あと一時間もすれば涼楓との約束の時間だ。

「失礼いたします。社長」

ノックに続いて、開発課の男性社員が顔を出す。試作品を回収に来たのだろう。

「どうでしたか？　改良版は」

自信があるのかニコニコしている。京志郎は手に持ったままだった〝改良版・でんでけでん太鼓だよ〟を顔の横で小さく振ってみせる。

「なかなかいい。振り続けるとちょっと音が曇ることがあるな」

「それは失礼いたしました。次の段階の議題にします。……ちなみに、振り続けると、というのは、何秒ほどですか」

「十分ほど」

試作品を受け取りながら、男性社員の表情が一瞬固まる。……対象年齢となる子どもは、十分も続けて振らないかもしれない……。

しかし男性社員も慣れたもの。「わかりました」と意欲に燃えた顔をする。が、思いだしたように眉を上げた。

「ああ、そういえば、さっきそこで牧村女史とすれ違ったんですが、なにか面白いことでもあったんですか？」

「面白いこと？」

「はい。牧村女史、スッゴク楽しそうに『不器用さんかよー！』って笑っていたので……」

「終業時間だからじゃないか？」

「ですかね？」

よくわからないという顔をしつつ、男性社員が退室する。

デスクへ戻りプレジデントチェアに腰を下ろして、京志郎はひとつ深呼吸をした。

花はどこで買っていったらいいだろう。大きな生花店が近くにあるが、確か涼楓は裏通りの小さな店で花束を調達していた覚えがある。

「彼女の顔の大きさというと……このくらいか……」

両手で包みこむような形を作る。その空間に涼楓の笑顔が見えて、思わず抱きしめたくなった。

「……涼楓」

何度こうして、密かに彼女の名前を呼んだだろう。もしかしたら返事がかえってくるのではないか。そんな淡い期待を孕ませて。

――明石涼楓という女性が心の中に入ってきたのは、社長に就任したばかりの年に迎えた入社式だった。

専務として仕事をしてきて、ゆくゆくは父と代替わりをするという考えはあったが、予想外に早かった。アメリカに拠点を置いた関連会社は、てっきり海外支部の責任者をCEOに据えるのかと思っていたのに、父が就任した。

その理由が……。

『老後は海外に住みたい』

（……いや、今から老後とか言われても……）

俗に言う還暦というものは過ぎたが、仕事に趣味に旅行にスポーツ、とんでもなくアクティブな父親である。活動量は間違いなく息子である京志郎より多い。

代表取締役社長に就任し、最初の大きなイベントが入社式だった。ある意味、自分と同じスタートラインに立った新入社員たち。彼らと一緒に頑張ろうかと深呼吸をした京志郎の前に立ったのが、明石涼楓だった。

入社試験総合トップ。入社前研修でもその才と行動力が高く評価されていた。どれほどの大型新人なのかと思わざるをえない。

辞令交付で涼しい顔をして登壇した彼女だったが……。目が合わない。

確かに京志郎に目を向けているのだが、目が合わないのだ。

目を見ているようで、視線を下げている。——緊張しているのだとわかった。

こんなしっかりした子でも緊張するのだ。それがとても意外に感じて……親近感が湧いてしまった。

『俺も緊張する。君と同じ』

そう伝えた直後の、……ホッとした、素に戻った表情が胸に焼きついた……。

壇上にいるあいだ、食い入るように京志郎を見ていた涼楓。まるで仔犬に懐かれたようで、くすぐったかった。

京志郎は、同じスタートラインに立って歩んでいく者として涼楓を選んだ。

第二秘書に抜擢されたと聞いて動揺しデスクに身を乗り出した彼女に、またもや好感度が上がる。

意外な顔、想像外の行動を見るたびに、彼女への印象が変わっていった。

そしてその印象と好感度は、第二秘書になってからどこまでも上がり続ける。

第一秘書のフォローが主な仕事でありながら、彼女は京志郎への心遣いを忘れない。コーヒーを出すタイミング、欲しい資料を察して渡すタイミング、移動時間の合間に確認できる有益なデータ。

『社長が頑張っていらっしゃるので、わたしも頑張ることができます』

頑張っているから――。

三十年の人生の中で、頑張っているから、なんて認められる言葉をかけてもらったことがあっただろうか。

京志郎は、なんでも〝できて当たり前〟の人間だった。

トイチュウの跡取りとして、近衛の完璧な一人息子として。当然できなければいけないことが多すぎて、それらを網羅するために、気がつけば集中する表情しかできなくなっていたような気がする。

おそらく自分は表情が硬い。わかっている。

しかしどうにもできなかったのに……。

涼楓が京志郎の様子を読み取って心をかけてくれるたびに、――口元がゆるんでしまうのを感じた。

第一秘書になってからの彼女は、さらに京志郎の感情を動かしてくれた。

一緒に仕事をし、問題点を話し合い、涼楓は仕事のスケジュールから体調の管理まで気にかけてくれる。

京志郎は、いつの間にか彼女がいない毎日など考えられないまでになっていたのだ。

困ったのは、彼女はあまりにも真面目すぎて、食事に誘っても飲みに誘っても違う意味に取られて規制されてしまうこと。

ゆっくりできそうなときに「一緒にランチでも」と誘えば、

『社長お気に入りの日本料理店から、お弁当を手配しております。せっかくゆっくりできそうですし、たくさん召し上がって、なんならソファで転寝でもなさってください』

気を使ってくれているのだ。時間があるからといって動き回らないで、余裕があるからこそ身体を休ませてくれと。

なんという素晴らしい心遣いだろう。彼女はなにか、神仏の生まれ変わりなのではないだろうか。

就業時間内の休憩だからいけないのかもしれない。それならと、出張の際、一日の仕事が終わったあとに飲みに誘ってみても……、

『出張先で羽目を外してはいけません。なにかトラブルにでもまきこまれたら大変です。ルームサービスを手配いたしますので、疲れたお身体と頭をゆっくり休めてください』

優しい。優しすぎる。

聖母とは彼女のためにある言葉ではないのだろうか。

だが、その優しさゆえに、彼女とプライベートな時間を設けることがまったくできなかったのだ。

それでも、涼楓から恋人や仲のいい男の影を感じたことはない。かくしている様子もない。そのおかげで、京志郎はくじけず彼女との未来を夢みることができていた。

涼楓だって京志郎を嫌ってはいない。一緒にいると彼女の言動や仕草からそれが伝わってくる。——嬉しかった。

遠まわしでは駄目なのだ。募り続けて爆発してしまいそうな想いを、直接アプローチするしかない。やっとそれに気づいたというのに。

実行しようとした日に、退職届を出され、結婚すると言い渡された。

彼女を奪ってでもそばに置こうとするなんて、ずいぶんと感情的になってしまった。それでも、そこまで自分という人間を衝き動かせる涼楓を、本当にこのまま手放していいのかと奮起するきっかけにもなったのだ。

(逃すものか。今度こそ)

京志郎は決意を新たにする。

(ずっと好きだったことを伝え、必ず涼楓を幸せにする)

揺るぎない強い意志を込めて己を鼓舞し、京志郎は誓う。

――涼楓が幸せになることは、〝あの人〟の願いであり、……罪滅ぼしなのだから。

＊＊＊＊＊＊＊＊

それなり、というか、困らない程度にワードローブはそろっているほうだと思っていた。

「思ってたんだけどなぁぁぁっ」

絶望的な声を出し、涼楓は両手を床についた。さらに両膝もついているので見るからに絶望感が漂うスタイルだ。

ただし、お風呂上がりで髪も濡れたままの下着姿であるせいか、少々滑稽である。

扉を開けっ放しにしたクローゼットの前で、涼楓は自分の洋服に対する考えを反芻する。

――必要なものだけあればいい。

確かにそうだ。間違いではない。……と思う。

それを証拠に、クローゼットの中には仕事用に着用していたスーツがカバーをかけられて綺麗に吊るされている。

社長秘書として、京志郎の横を歩く人間として、恥ずかしい恰好はできない。その考えから、仕事用のスーツはいささか無理をしてもいい物を購入していた。

いい物、といっても涼楓基準ではあるが、それでも一緒にショッピングに行ったやよいが「あたしのスーツ三着買えるんだけど……」と言っていたレベルである。

ブラウスに鞄に靴。洗練された近衛社長の秘書たる身だしなみは完璧だったのだ。

が……その反動は、他のものに反映されている。

普段着のようなものはあるものの、ちょっとお出かけ、に着られるものが……ない。

ひとりで買い物に行くとか友だちと出かけるとか、あまり気にする必要がないならカットソーにスカートでも合わせれば大丈夫なのだが、かしこまった外出となるとそういうわけにもいかないだろう。

(さすがに……遊びに行くようなセーターってワケにも……。いっそスーツにする？　いや、仕事じゃないんだから！)

涼楓が迷っているのは、京志郎との食事に着ていく洋服である。

汗臭くてはいけないと入浴をし、髪はトリートメントもして、高価な衝動買いだったため一度も着けたことのなかったブラジャーとショーツのセットを思いきって下ろし、さあ洋服を選ぼうと張り切ってクローゼットを開け……。

――落胆して、今に至る。

(わたしの馬鹿！　なんでやよいと買い物に行ったときに勧められたワンピースとか買っておかなかったかなぁ！)

やよいと買い物に行けば「これかわいい！　涼楓に似合うよ！」と楽しそうに選んでくれていた。

ただ本当に〝かわいい〟ものばかりで、「わたしには似合わないよ」だの「そんなかわいいの買っても着ていくところがないよ」とはぐらかしてばかりだったのだ。

『デート用に買っておきなよぉ』

と言ってくれてはいたものの……。

明石涼楓、二十七歳。いまだかつてデート経験など一度もない。

「ぁぁぁぁ……もぉぉぉ……」

悲しい声しか出ない。せっかく仕事以外で京志郎に誘ってもらえたというのに。

(スーツで行くか……。『仕事みたいだ』とか言われたら『社長と歩くと思ったら気合が入ってしまって』とかなんとか言えばごまかせる気がする)

なんとなく虚しいが、それくらいしか手はない。服がないからといって今から買いに行くわけにもいかないのだ。

(まあ、スーツのほうがわたしらしいかもしれないし。かえってかわいい恰好とかして社長に『二十七にもなって落ち着きがない』とか思われるのもいやだし)

自分なりに納得をしてのろのろと立ち上がる。せめて桜色のカラースーツにしようかと考えて、……ふと、思いだした。

自分で買ったものばかりで考えていたが、もらって着ていないワンピースがあったのを思いだしたのだ。

「確か上のボックスに……」

クローゼット上棚の衣装ケースを下ろし、そこから不織布製の収納袋に包まれたものを取り出す。中はピンクのワンピースだ。

弟たちが大学生になったとき、家庭教師のアルバイトをはじめたふたりがバイト代を出し合って涼楓の誕生日に買ってくれた。

とてもかわいいワンピースだったのと、弟たちが買ってくれたのだという感動で、もったいなくて着ることができなかった。

(誠、実、ありがとう！　お姉ちゃん、今夜はこれを着るからね！)

かわいい弟たちが買ってくれたワンピース。墓の中まで持っていきたいほどもったいない。けれど、今このときのために買ってくれたのだと思って着ることにしよう。

そのころから体型は変わっていない。着られるはずだ。

「よし、メイクと髪、先にやっちゃおう」

時計を見て準備をはじめる。アパートの前まで京志郎が迎えに来てくれる予定になっていた。

凝ったメイク方法など知らない。記事を読んだことはあっても実践したことはないし、それ用のメイク道具も買ったことはない。

自分には必要ないと思っていたから。

それなのに、こんなときだけ、もう少し目をパッチリさせられたらな、とか、やよいに勧められたリップグロス買っておけばよかった、なんて考えてしまう。

自分は自分にしかなれないのはわかっているのに。

京志郎に誘ってもらえたことで、少しでもかわいくしていきたいなんて……思ってしまっている。

(見栄っ張り)

ワンピースを着て、姿見の前に立った。

ジョーゼット生地が気持ちいいコクーンワンピースは膝丈。襟元のサイドリボンがかわいらしくて華やかさを添えてくれる。落ち着きのあるピンクなので全体的にとても上品だ。

着用してみると派手ではないし、年相応だ。

我ながら似合っていると自惚れてしまいそう。

(さすが我が弟たち！　お姉ちゃんに似合うものがわかってる!!　わたしの弟たち最高！優しいしイケメンだし頑張り屋さんだし、おまけにセンスがいいって、すごくない!?)

盛大に弟たちを褒めちぎる。姉馬鹿炸裂である。

(写真撮っちゃお)

ちょっと恥ずかしいが、こんな服はめったに着ないので記念に、と自分に言い聞かせる。

(ほら、せっかく着たんだし、誠と実に『着たよ〜』って報告しなきゃ！　せっかくもらったのに、着てないのは失礼だもんね！)

言い訳三昧である。

鏡を使って自撮りをしたのはいいが、なかなか送信できない。ちょっとした羞恥心が邪魔をする。

迷っていると新着メッセージの通知が入る。——京志郎からだ。

「あっ、社長……もう時間……」

慌てた弾みで送信してしまった。さらに慌てるものの、ドアチャイムが鳴り、スマホをバッグに入れる。

『明石さん、早かったかな』

インターフォンから聞こえる声は京志郎である。涼楓はバッグとコートを一緒に摑み、部屋の鍵を持って玄関へ走った。

「大丈夫です。用意できています」

靴を履き、ドアを開ける。

「すみません、わざわざお迎えに来ていただいて」

外に出てドアの鍵をかける。振り返って京志郎と向き合うと……。

彼が、目を見開いて驚いた顔をしていた。

(え？　なんですか、そのお顔っ。驚いてる？　驚いているんですか⁉　そんな驚きの表現、初めて見るんですけど！)

「社長……どうかしましたか？」

意外な表情にドキドキしつつ、冷静を装って尋ねてみる。京志郎もいつもと違う自分に気づいたのか片手で口元を覆った。

「すまない……。あまりに、かわいらしくて……。驚いてしまった」

「え？」

「そんな姿は……初めて見るので」

涼楓は目を見開く。

京志郎が照れているのが伝わってきて、驚いてしまうのはこっちだ。

(驚いて照れるなんて、そんなの、超激烈スーパーウルトラレアじゃないですか！)

それも、かわいらしい、とか言われてしまった。

女性に対する社交辞令でも、嬉しい。

(っていうか、社長もちゃんと、仕事以外で女の人に接するときはそういう社交辞令的な

ことを言うんだな……。知らなかった)

仕事以外で京志郎に接したことがない。知らないのは当然としても、涼楓が知らないところで女性にそんな言葉をかけていたのだと思うとモヤモヤする。

バッグの中でメッセージの通知音が鳴る。消音にしておいたほうがいいかと思い立った瞬間、立て続けに通知音が鳴り響いた。

……うるさいくらい。

「かなり鳴っているが……、大丈夫なのか?」

心配されてしまった……。

「大丈夫です。多分……というか、絶対、弟たちなので……」

「弟さん?」

「はい。このワンピース、弟たちが買ってくれたもので、さっき自撮りして送っちゃったんです。かわいいワンピースだし、わたしには似合わないかなっていうのと、単純に弟たちの気持ちが嬉しくて、もったいなくて着られなかったっていうのがあって」

「そんなことはないっ。とても似合っているし、とてもかわいいっ!」

京志郎の口調が力強い。片手で握りこぶしを作っているところに彼らしかぬ種類の勢いを感じる。涼楓は少々たじろいでしまった。

「あ、ありがとう、ございます」

（かわいいって……社交辞令でも嬉しいっ!!）

　たとえ他の女性に言ったことがあったとしても、今は涼楓に向けて言ってくれている。それだけでも貴重だ。

「弟さんたちに返事をしなくていいのか？　着用した姿を見た感想を送ってくれているのでは？」

「あとから見ます。今既読をつけちゃったら、速攻で電話がかかってくると思うし。弟たち、興奮して話し出したら長いので、お食事の時間が遅くなっちゃう」

　涼楓の既読がつかなければ、今は反応ができないんだと察してくれる。食事を終えてアパートに戻ってきたら見るとしよう。

「アパートの前に車を停めてある。行こうか」

「はい」

　アパートの外廊下を京志郎から一歩下がって歩く。気のせいか、彼が曲げた左腕を突き出しているように感じた。

（どうしたんだろう。シャツの着心地でも悪いのかな。それとも腋に傷でもできて具合が悪いとか……。腋にできる傷……？　虫にでも刺された？）

　ついあれこれと考えてしまうのは、秘書時代からの習慣だ。

　それでも今は秘書ではないのだから、ふざけてあの腕に摑まっても許されるのではないだろうか。

モダモダしているうちに車の前まで来てしまった。京志郎が助手席のドアを開けてくれるというスペシャル仕様。

「もっ、もうしわけございませんっ、社長に、そんなことを……！」

「今は仕事中じゃない。そんな遠慮は無用だ。乗って」

「はい……失礼します」

緊張しつつ足を踏み入れる。秘書時代は一緒に車で移動もしたし、京志郎が運転する車にも乗ったことはある。だが、彼が所有する車に乗るのは初めてなのだ。

誰もが名前を知っている海外の高級車。この助手席に腰を下ろせる日がくるなんて、夢のよう。

（社長の車……）

心がふわっと浮き上がる。ドアを閉められると、車内にこもるかすかな京志郎のスーツの香りに包まれたような気がして、頬があたたかくなる。

そんななか、ふと異質な香りを感じた。いやな匂いではない。なんというか、スーパーの青果コーナーにいるような新鮮な香りだ。

ちらりと後部座席に目を向け、花束らしきものが目に入った。花の匂いだったのだと見当はついたが、なぜここに花があるのだろう。

して）

（終業時にもらった？　今日ってなにかお祝いがある日だったっけ？　……あっ、もしか

あまり考えたくない可能性が頭をよぎったとき、京志郎が運転席に乗りこんでくる。後部座席から目をそらし、さりげなく前を向いてシートベルトを引っ張った。

「社長の車に乗せていただけるなんて、緊張します」

「そうか？　俺は明石さんが助手席にいるのかと思うと緊張するから、おあいこだ」

「緊張しないでください。わたしなんかで」

「仕事用のスーツではない明石さんが見られるなんて、予想していなかったからね」

「では、社長を緊張させないようスーツに替えてきましょうか？」

「これは大変だ。着替えに行かれる前に車を出さなくては」

静かに車が走りだす。本気っぽい口調ではあったが、ここは冗談だと思っておこう。いつもとは違う涼楓の姿で緊張してしまうなんて、そんなはずはない。

しかし「かわいい」発言といい、「緊張する」発言といい、上手く胸をくすぐってくれる言葉が連発されている。

もしや京志郎は、涼楓が思っている以上に女性の扱いに長けているのだろうか。

「ところで明石さん、君に渡したいものがあるのだが……」

「雇用保険被保険……」

「それじゃない」

渡されなければならないものといえば、離職票や雇用保険被保険者証しかない。しかしあっさりと否定されてしまった。これはどうしたものか。

「いつ渡したらいいものかタイミングがわからない。相談にのってくれないか」

「構いませんけど……。わたしがいただけるものなんですよね？　なんだかわかりませんが、いつでもいいですよ。今でもいいし」

「そうか、花なのだが」

「お花？」

「久しぶりに会うし、花を用意してみた。しかしいつ渡したらいいものかとタイミングがつかめない。このままだと、あれやこれや迷っているうちに結局渡せないで、あたふたして終わる気がしてきた。それで、ここはひとつ相談をしようかと」

再会を祝して、ということで用意してくれたのだろうか。それはそれでとても嬉しいが、おそらくこれはサプライズ的に渡されるからいいのであって、相手に渡すタイミングを相談するものではない。……と思う。

（それにしても、あれやこれや、とか、あたふた、とか。むちゃくちゃわたしの心をくすぐる単語を連発してくれますね、社長っ！）

幸せに荒れ狂いそうな感情を抑え、涼楓は軽く咳払いをする。

「それでしたら、アパートのドアが開いた瞬間、でもよかったかと思います。もちろんわたしは、まさかお花をいただけるとは夢にも思っておりませんから、社長に『そんなに驚くことはないだろう』と叱られてしまうほど驚いたと思いますし、ついでにお花もお水に挿してから出てこられたかと思います」

「うん、明石さんは正しい」

「おそれいります」

仕事中のようなやり取りになってしまった。

もしや後部座席に置いてある花束は、再会のお祝い用に用意してくれたもののなのだろうか。

てっきり食事が終わったら結婚相手と会う約束があって、その女性に渡すために用意しているのだと思ったのに。

（え……どうしよう、嬉しい）

感動と緊張で胸がバクバクする。渡されたらどんな顔で受け取ればいいだろう。冷静に「ありがとうございます」ではかわいげがない。しかし大はしゃぎで「うれしいぃっ」と喜ぶのも大人げなくて京志郎に呆れられやしないか。

鼓動がドキドキと大騒ぎをするなか、車は高級ホテルの正面玄関ロータリーに入っていく。ドアマンが近づいてくると、京志郎は車を降りて助手席側へ回り、涼楓の手を取って車から降ろしてくれた。

ドアマンが車を移動させる様子を察して「え？　お花は？」とは思うものの、とてもスマートなエスコートにお姫様気分になってしまい、思考の外になる。

手を取ったままホテルに入るとコンシェルジュに迎えられ、直々にレストランの個室まで案内された。

大きなシャンデリアにモダンなコーディネート。一階のレストランなので、窓から見えるのはライトアップされた中庭の人工滝。バラの生垣がロマンチックな雰囲気を提供してくれている。

とてもロマンチックな雰囲気だ。秘書時代に接待やパーティ用にレストランは数多く予約したが、ここは予約したことがない。

コンシェルジュが直々に案内までしてくれたということは、京志郎は馴染み客なのだろうか。

（もしかして、結婚相手とよく来るとか……）

直前まで浮かれてきた気持ちがしぼんでいく。よけいなことを考えなければいい気分でいられたのにと考えると、自分が恨めしい。

テーブルに向かい合って座ると、京志郎は手馴れた様子でウエイターに注文を済ませていく。予約のときに基本のコースは注文済みだったようで、ワインとアシェット・デセールの追加を入れていた。

ウエイターが退室する。……と、いきなり京志郎が肩を落とし片手で頭をかかえた。

「そうかっ、最初でよかったのか……！」

「しゃ、しゃちょう？」

いったいどうしたというのか。今まで涼しい顔でウエイターと話をしていたというのに。あまりの豹変ぶりに思わず立ち上がりかける。が、キッと涼楓に向けられた凛々しい眼差しに射抜かれて、動けなくなった。

「明石さん、すまない」

「な、なにが、ですか……」

こんな状態の京志郎に謝られてしまっては、反対に涼楓のほうが謝りたくなる。なにを思ってこんなに苦しげな表情をしているのだろう。

（でも……苦悩に悶える社長……なんかドキドキする）

本人はいたって真剣なのだろうから、思い悩む様子を見てそんな反応をするのは失礼だ。わかっているが普段こんな顔をしない人だけに、自分だけが見ているという優越感もあいまって気持ちが揺さぶられる。

心臓をガードする胸骨を震撼させるほど鼓動を高鳴らせ、涼楓は京志郎の言葉を待つ。

彼はその表情のまま言葉を続けた。

「次は、会った瞬間に渡す」

「なにを、ですか?」

「花だ。顔を見た瞬間にいきなり渡すのは、あまりに馴れ馴れしいか軽いと思われるのではと考えすぎてしまった。サプライズだと思えばそれでよかったのだな。タイミングも計れないとは……なんと不甲斐ない」

「そ、そんなっ、社長は不甲斐なくなんてありませんよっ。完璧な近衛社長、って誰からも言われているじゃないですか」

「君がいたからだ」

苦しげな表情がふっと落ち、真剣な眼差しに見つめられる。浮き上がった腰を下ろすこともできないまま、彼に魅入られた。

「社長になったときから、心身ともに支えてくれた優秀な秘書がいた。それだから俺は〝完璧な近衛社長〟でいられた」

こんなに信頼を置いてもらえていたなんて、秘書冥利に尽きる。ありがとうございますと素直に言えばいいのに、京志郎の瞳がなにかを訴えかけているようで言葉が出ない。

ちょうどそのタイミングで料理が運ばれてきた。涼楓は椅子に腰を下ろし、京志郎も背筋を伸ばす。

創作フレンチのコースは、本格的なフレンチには偏らず日本人が馴染みやすい味付けがされている。盛り付けもどこか日本食を思わせるものだった。

美味しくボリューミーなこともあって、しばらくふたりの会話は料理のことに集中する。

――やっと涼楓が話を切り返せたのは、ラストのコーヒーと一緒に別注文したアシェット・デセールが出され、声をかけなければレストランスタッフが出入りすることもないという段階になってからだった。

「ところで……話が大幅に戻ってしまって申し訳ないのですが、社長からいただけるはずだったお花、というのは、車の後部座席にあったものでしょうか？」

話を戻したことで、己の失策を思いだしたのかもしれない。京志郎はコーヒーカップを置くのと同時に肩を落とす。

普段行儀のいい人だけに、ガチャンと大きな音をたてるカップとソーサーが、再び襲った彼の落胆振りを現していた。

涼楓は静かに立ち上がり、テーブルを回って京志郎に寄り添った。

「……もしそうなら、次とは言わずに、そのお花をくださいませんか？」

京志郎の顔が上がる。

「しかし……」

「そのお花は、社長がわたしのためにご用意くださったものなのですよね。そのお気持ちを、渡すタイミングごときで潰されたくはないです。たとえ道路に投げ捨てられても、わたしは拾いにいきます」

「それは危ないだろう」

たとえば、なので、真面目に返されると少々困る。

それでも涼楓の言葉は京志郎に刺さったようだ。彼はウエイターを呼ぶと駐車を担当しているドアマンへの伝言を頼んだ。

そして五分もしないうちに、京志郎の手元に後部座席に置かれていた花束が届けられたのである。

「明石さん」

コホンと咳払いをして、今度は京志郎が、座る涼楓のかたわらに立つ。

「いろいろとお疲れ様。また君と、こうして会うことができて嬉しい」

差し出される花束は、持つのにちょうどいい大きさ。重ねあわせたペーパーで綺麗にラッピングされ、持ち手にはシフォンのリボンが巻かれている。

サーモンピンクと赤のスプレーバラが、たくさんのカスミソウに埋まっている、とても雰囲気がかわいらしい花束だ。

涼楓は花束を見つめながらゆっくりと立ち上がり、それを受け取った。

「すごい……かわいい。どうしてわかったんですか、って聞きたいくらい好きな花束です」

「よかった」

表情は動かなくとも、京志郎がホッとしてくれているのが伝わってくる。きっと、涼楓が花束を気に入ったから安心したのだろう。

(社長が……わたしに)

結婚相手にあげる物ではなかった。それがわかっただけでこんなに嬉しくなる。いやな性格だなと自分を卑下しても、嬉しいものは嬉しい。

(わたしに、わたしのために、お花を……)

考えれば考えるほど感動的で涙がにじんでくる。それに気づいた京志郎が口を開きかけるが、先に口を開いたのは涼楓だった。

「社長から……こんな、お花をいただけるなんて……」

照れくさかったのだ。それだから先に、泣きそうになっている理由を口にしてしまおうと思った。

明るく笑って「わたしが社長からお花をもらってしまって、なんだかご結婚なさる方に申し訳ないですね」と言えれば上出来だ。そうすれば、そこから京志郎も結婚相手の話をすることができるだろう。

そうしたら、笑顔で言うのだ。

――ご結婚、おめでとうございます、社長。

「……どうしよう……ごめんなさい……」

「明石さん？」

涙がこぼれた。

──言えるわけがない。

ずっとずっと恋焦がれた人に、結婚のお祝いなんて、そんな言葉、この胸を切り裂いて無理やり引っ張り出さないと出てくるはずがない。

涼楓は花束を胸で抱きしめる。

「嬉しい……」

時間が止まってほしいとは、こういう気持ちなのかもしれない。この瞬間を感じたまま、すべてが終わってしまえばいい。

幸せな気持ちのまま。そうすれば、京志郎は涼楓のそばにいてどこにも行かない。

（社長……好き）

──けれど、それは涼楓にとっての幸せであり、京志郎の幸せではない。

好きな人の幸せを願えないなんて、自分はなんて戯け者なのだろう。

ちゃんと言わなくては。「ご結婚なさる方に申し訳ないですね」と。それだけ口にできれば、そこから京志郎も結婚する話を涼楓にすることができる。

「その涙は、嬉しいからだと思っていいのか？」

ふわっと、京志郎の腕に抱擁される。嬉し涙ではあるが、胸の傷みから絞り落とされる涙でもある。なんと答えたらいいか迷ううちに腕に力が入り、軽く抱擁するというよりはシッカリと抱きしめられている感覚になった。

ただ涼楓の腕の中にある花束に気を使っているのか、腰に回った腕には力が入っても背中にある手はゆるい。

「気に入ってくれてよかった。そんなに感動してもらえると、俺のほうが感動する。本当は、大輪のバラを百本くらい用意しようと思っていたのだが、いきなり派手なのは駄目だと助言をもらった。たとえ話で明石さんならこういう花がいい、という話が役に立った。第二秘書に感謝をしなくては」

「……第二……」

なんとなく、誰が京志郎に助言をしたのか見当がついてくる。たとえ話で涼楓を例にするなんて、そんなのは涼楓の気持ちを知っているやよい以外考えられない。

「助言って、牧村さん、ですよね?」

「なぜわかる? もしかして、電話でもきたのか?」

京志郎のクールな表情に焦りの色が含まれる。自案を訂正されたのが気まずいのだろうか。そんなに気にすることはないのに。

……とはいえ、間違いを訂正されたことを知られて焦る京志郎の姿は、めったに見られるものではない。やよいに感謝である。

「いいえ。牧村さんとは連絡もとっていません。……彼女は、怒っていると思います。わたしがなにも言わないで辞めてしまったから」

やよいは本当にいい友だちだった。

できれば謝りたい。許されるなら友だちに戻りたい。

連絡をとることをためらってしまうのは、やはりそれだけ大切に思っている友だちなのに、なにひとつ事情を話せず姿を消さなくてはならなかったからだ。

唯一、涼楓の気持ちを知っていた友だちだったのに。

「それと社長、わたしに大輪のバラを百本なんて、駄目ですよ。そういうのはご結婚予定のご令嬢に差し上げてください。わたしにまで用意してくださるつもりだったなんて、サービスがよすぎます」

再び、やよいに感謝。花の話をきっかけに本題に入れた。

「結婚予定の……令嬢?」

「お話はだいぶ進んだのでしょうか。わたしが退職するころ、ご結婚を考えられていると副社長にお話しになったとか」

京志郎の顔が見られない。涼楓は顔を伏せ気味にしながら言葉を出す。

「ずっと……お祝いも言えず、申し訳ございません……。退職の日に……言えたら……よかったのです、がっ」

突如襲う嗚咽を、涼楓は唇を内側に巻きこみ息をつめて堪える。

まだお祝いを最後まで言えていない。しかし今口を開いたら泣いてしまいそう。

(お祝い……ひと言でいいから、言わなきゃ)

言えばきっと悲しくなる。けれど、言わなければ自分の心の狭さを実感して一生後悔する。涼楓は意を決し、顔を上げる。

……が、喉まで出かけた言葉は、そこで止まった。

京志郎が顔をそらしている。それだけならまだしも、眉を寄せて……困った顔をしているのだ。

そして間違いなく、――照れている。

(え？　なに？　わたし、なにか見てはいけないものを見てる？)

京志郎に関しては、かすかな表情の変化を読み取るのが得意だ。他の誰が見ても厳粛な表情であったとしても、そこにかくれる照れや焦りや喜びが、涼楓にはわかる。

が、今、京志郎は誰が見ても〝困りながら照れている〟という表情をしている。言葉を出すのも忘れ、涼楓はきょとんっと彼を見つめた。

「……君のことだ」

「はい？」

「それは……君のことだ」

――脳の理解が追いつかない。

どの部分を指して、涼楓のことだと言っているのだろう。

「そうか……叔父が話していたなんて……。それで明石さんを交えて三人で食事にとの誘いがしつこかったのか。まさか君に話してしまっていたとは」

「あの……社長？」

「なんだ？　そこまで知っているなら、覚悟を決めてなんでも話す。聞いてくれ」

潔い。非常に男らしい。が、見てわかるほどの照れ顔では、感心する前に胸がむずむずして鼓動がヘンに騒ぐ。

なんとなく悪いことをしているような気にさえなってしまう。人を追い詰めるときの快感とは、こういうものなのかもしれない。

これ以上こんな京志郎を見ていたら、愛しさで全身の力が抜けてしまう。涼楓はその前に口火を切った。

「わからない……ことばかりですが……。あの、『君のことだ』とは、なにを差しているのでしょう」

「いきなり直球できたな」

「直球ですか？」

「俺にとっては直球だ。いいだろう、受けて立つ。なんといっても、『結婚するつもりだ』と叔父に話したのは〝君のこと〟なのだから」

……口が開いたまま、言葉が出ない。

(今　な　ん　と、お　っ　し　ゃ　い　ま　し　た?)

京志郎は唖然とした涼楓を見つめている。覚悟を決めたというだけあって、ガン見、というやつだが照れが混じっているせいか迫力はあまり感じない。

「そんな呆れた顔で見ないでくれ。我ながら情けなくてしばらく思い悩んだ。なんといっても君に結婚を申し込もうとした日に、結婚するから退職すると言われたんだ」

「あっ！」

涼楓は思わず声を張る。――退職を申し出たあの日、京志郎も涼楓に話があると言っていたのだ。

てっきり結婚が決まったという話をされるのだと思いこんでいたが、それは涼楓の考え違いだったようだ。

「笑ってくれていい。すっかり自惚れていた。君も、俺と同じ気持ちでいてくれているのだと思いこんでいた。俺が〝完璧な社長〟になれたのは、〝完璧な社長〟でいられたのは、間違いなく明石さんのおかげだった。これほどまでに息が合い、意思の疎通ができて、俺を支え尽くしてくれた存在は他にない。君しかいない。これからもともに歩んでいけるのは君しかないと思っていたし、君もそう思ってくれていると信じていた」

涼楓は声を上げた顔のまま、京志郎を凝視する。照れていた表情が、話を進めていくにしたがって凜々しさを取り戻していく。

「食事に誘って、結婚を打診するつもりだった。……まあ、プロポーズというやつだ。弟さんたちとの先約があったので諦めたが、気持ちは決まっていたので気分がよくて、つい偶然会った叔父に結婚の話を匂わせてしまったんだ」

「……あの、そのときに、わたしの名前を出したんですか？」

「いいや。ぼかしたはずだが、叔父はすっかり明石さんのことだとわかっていたようだ。『京志郎くんを見ていたらわかるよ』と言われたので、そんなにすぐわかるようななにかをしてしまっていたのかと疑問ではあった」

思えばやよいも、なにも言わなくても涼楓の気持ちに気づいていた。それと同じ感覚で、副社長もかわいがっている甥の気持ちに気づいたのではないだろうか。

「あの日、君も話があると言っていたから、もしや……と期待をしてしまった。だが退職届を出されて、おまけに恩人と結婚すると……」

京志郎は言葉を止めて唇を引き結ぶ。まるでそのときのつらさを思いだしているかのようで、ズキン、と胸が痛んだ。

「……ほんのわずかな期間でも……、君が他の男と夫婦であったなんて……信じたくない」

痛んだ胸が、さらにえぐられる。

——他の男と夫婦であったなんて……信じたくない。

都合上夫婦になったということにはなっているが、実際籍は入れていないし、大倉は涼楓にとってあくまでも〝おしいちゃん〟であり、大倉にとっても涼楓は〝愛しむべき養い子〟だった。

しかし京志郎はそうは思っていないだろう。夫婦、という名がついているのだし、それなりに夫婦としての関係があったと思っているはずだ。

彼にそんな誤解をされるのはいやだ。けれど、真実を話すわけにはいかない。

「そんな切ない顔をしないでくれ。亡くなった人を思いださせるようなことを言って、すまない」

切なくなっている理由は違うが、顔に出ていたらしい。京志郎が強めに涼楓を抱きしめる。先ほどまでは花束に気を使ってくれていたのに、今はもう手加減がない。挟まる花束が気になってわずかに身をよじる。

すると、あっさりと力が弱まった。

「いやだったか……？　そうだな、四十九日がすぎてまだ間もないのに、男にこんなことをされるのは……。すまなかった」

今度は未亡人扱いである。

表向きはそうなっているので無理はないとはいえ、他の男と夫婦であったなんて信じたくないとか、思い出させるようなことを言ってすまないとか、四十九日がすぎてまだ間もないのに男にこんなこととか、……勘違いばかり。

彼に切ない思いをさせてしまっていることが、やるせない。

申し訳なさそうな顔ばかりされてしまったら、せっかく嬉しいことを言われているのに喜べない。

涼楓はキッと京志郎を見据える。

「違いますっ。お花……、そんなに強く抱きしめられたら、お花が潰れちゃうじゃないですか。ですから……別にいやだったわけじゃないですっ」

「花……」

京志郎の腕が完全に離れる。涼楓は花が潰れていないことを確認してからテーブルに置き、再び彼と向かい合った。

「……いやじゃないです。むしろ、嬉しかった……。社長が、わたしのことをそんなふうに考えていてくださったなんて……」

「いやではない？　本当に？」

「本当です。むしろ……本当のことが知れてスッキリしました。ずっと、ずっと、社長が結婚するということばかりが気になって、お祝いを言わなくてはならないのに言葉が出なくて、そんな自分が嫌な人間すぎて悲しくなっていたんですから。でも……それが、わたしのことを言っていたなんて……。嬉しくて……、どうしたらいいのか……」

再び京志郎に抱きしめられる。花束がないぶん、今度は彼に密着しているという満足感があった。

「どうしたらいい……。すっごく、嬉しいのだが……」

こんな状態ではあるが「すっごく」のところでクスリと笑ってしまった。

涼楓を抱きしめる手の指がもぞもぞと忙しなく動いているのを感じて、動揺するほど喜んでくれているのかと思うと愛しさがどんどん募っていく。

「わたしも、どうしたらいいですか？　すっごく、すっごく、嬉しいです。すっごくがひとつ多いぶん、社長の嬉しさの二倍です」

「それなら俺は、すっごく、すっごく、すっごく、にしておく」

「後出しじゃんけんみたいですよ」

「あとでも先でもなんでもいい。とにかく嬉しいことに変わりはない」

顔を上げると、待ってましたと言わんばかりに唇が重なる。軽く吸いつかれるキスが気持ちいい。絡まる吐息が愛しくて、受け止めるように口で息をしていると唇のあわいから厚い舌がもぐりこんでくる。

コーヒーのような、赤ワインのような、とろりとした陶酔が口腔内で蠢く。うっとりとして力が抜けそうな身体を京志郎に強く抱きこまれた。

「社……長」

唇が離れると情けない声が漏れる。抱きしめられたまま、甘い声が耳朶を打った。

「部屋、取ってもいいか……?」

身体に巻きつく腕の強さが、心まで抱き留めて放さない。——京志郎から、離れられない。

駄目だなんて、言うはずがない……。


レストランを出て、涼楓は京志郎に手を引かれるままエレベーターへ乗りこんだ。もらった花束を片手に持っている。同じ腕にバッグをかけていたことから荷物になっているると感じたのか、彼が両方持つと言ってくれた。

もちろん断った。

京志郎からもらった花束だ。自分で持っていたい。

他に人がいなければ抱きついてしまいたいほど気持ちは盛り上がっていたのだが、エレベーター内はふたりきりではなかったため、しばし冷静になることに努める。

クールダウンしてくると、じわじわと今の状況が実感できてきた。

(部屋……部屋ってことは、アレだよね。そういうことなんだよね!)

断る余地なんてなかった。そんな雰囲気でもなかったし、涼楓だって……断るなんて少しも考えていない。

ただ問題なのは、京志郎にとって涼楓は出戻りの未亡人だ。もちろん夫婦生活も送っていたと思われているだろう。

涼楓は処女である。

本当に好きな人に抱かれるのは嬉しいが、出戻りの未亡人がハジメテではおかしい。

それを知られたら当然理由を聞かれるだろうし、かといって墓まで持っていく覚悟をした秘密を話すわけにはいかない。

慣れたフリをすればなんとかなるだろうか。——無理だ。キスだって京志郎としかしたことがないのに……。

(どうしよう。でも、いまさら帰るとは言えないし……)

「明石さん」

繋いだままだった手をキュッと握られ、虚を衝かれて肩が震える。他の人たちは各階で降りたらしくエレベーター内はふたりきりになっていた。

少し前までだったら抱きつきたい衝動と戦うところだが、今はむしろ逃げてしまいたくなってきた。

「呆れていないか？　君に『嬉しい』と言ってもらえて有頂天になってしまい、……はしゃいで、性急に部屋に連れこむなんて……」

（はしゃぐ!?　はしゃぐとおっしゃいましたか!?　社長っ!!）

「あ、呆れるなんて、とんでもないです！　社長にそこまで想っていただけて嬉しかったのは本当のことですし、なんなら今も夢ではないかと思うくらい嬉しくて！」

京志郎の「はしゃぐ」発言に涼楓のほうがはしゃいでしまい、勢いで彼を擁護する。

「よかった」

柔らかくなった京志郎の面映い表情が、涼楓の理性を撃破する。

ほのかに微笑む唇、柔らかな目元、わずかに下がる眉が彼の照れ具合を教えてくれた。

（最っっっっっ高）

もう、部屋だろうとベッドだろうと風呂だろうと、どこへでもご一緒しますという気分である。

一生の宝物になりそうな京志郎の表情と見詰め合っているうちに、目指す階に到着する。

促されて静かな廊下に足を向けるが、ふと疑問が浮かんだ。

「社長、いつお部屋の手配をしたんですか？」

レストランを出て、そのままエレベーターホールへ向かった。ウエイターに部屋の手配を頼んだ気配もなかったし、フロントに寄ったわけでもない。

するとも京志郎は、内ポケットからカードキーを取り出した。

「君を迎えにいく前に、キーは受け取ってある」

「それは……どういう……」

「つまり、今夜はそれだけの覚悟をして、君を食事に誘ったということだ」

ちょうど部屋の前に到着したようだ。手を繋いだまま室内に引き入れられ、ドアが閉まるか閉まらないうちに抱きしめられた。

「涼楓」

嬉しそうな甘い声。微電流になって脳に到達し、火花のようにキラキラと弾けながら全身に回る。涼楓は花束を片手に持ったまま京志郎の背中に腕を回す。

「――好きだ」

「社長……」

もうどうにかなってしまいそうだ。これは本当に夢ではないのか。

鼓膜が溶けてしまいそうな声で名前を呼ばれ、それも呼び捨てだ。「好きだ」の言葉がずっと全身に反響している。

京志郎が結婚しようと考えていたのは涼楓のことだった。おまけに部屋を取って食事に誘ったという、堕とす気満々の行動。

(むっちゃくちゃ男らしいですっ。堕とされる前に惚れ直します!!)

感動で思考がショートしそうになっている涼楓の唇に、京志郎が人差し指をあてる。

「社長は……やめてくれ。君にそう呼ばれるのは嫌いではないが、ふたりきりのときには名前で呼んでほしい」

指をあてられた唇が震える。呼びたい、けれど恥ずかしい。そんなふたつの気持ちがせめぎあう。

しかしゆっくりと指が外れ、涼楓を見つめる京志郎の瞳が期待を孕む。

彼に期待をされて、涼楓の秘書魂が疼かないはずがない。

「……京志郎さん」

呼べた。そう思った瞬間、胸苦しさが軽くなってくる。だんだんと呼べたことが嬉しくなってきた。

「京志郎さん……」

なんていい響きなんだろう。

「京志郎さん」

するりと口から出る、愛しい人の名前。それを迷うことなく言えるなんて、なんて幸せなんだろう。

「京志郎さんっ」

幸せ。そんな気持ちをこめて彼を呼ぶ。その瞬間、身体がひょいっと浮き上がった。

ふわっと大きく浮いた、などではない。本当に〝ひょいっ〟という感じで足だけが浮いたのだ。

京志郎が涼楓を抱きしめた形のまま彼女の身体を持ち上げ、そのままスタスタと歩き出したのである。

「えっ？　あの？　京志郎さん⁉」

いたずらっ子が「はいはい、こっちにいようね」と移動させられているような気分だ。それも恥ずかしいが、持ち上げられているという状況も恥ずかしい。

「どうしたんですか？　あのっ、わたし、自分で歩きますから。持っていたら重いですよ、下ろしてください……」

なんとなくそうではないかとは思ったが、どうやらここはスイートルームのようだ。素通りしていく豪華なリビングを眺める間も与えられないままベッドルームへ入り、大きなベッドに腰掛けさせられた。

「そんなに何回も呼ばないでくれ。心臓が止まるかと思った。あと、君は重くないっ」

京志郎は涼楓の前に両膝をついてかがみ、花束をベッドサイドテーブルに置く。彼女の両手を握って真摯な眼差しを向けた。

鼓動がドキッと大きく跳ねる。しかしそれは見つめられたから、というより京志郎が照れてわずかに赤くなっているように見えたからだ。

おそらく、ムードを盛り上げる役目を担うかのように吊り下げられているペンダントライトのオレンジ色の明かりが、京志郎の表情に色を添えているのだろう。

「涼楓、俺は、間違っていなかったと思っていいんだな？」

「間違う……？　社長が……京志郎さんが間違ったことなんてありませんっ」

ついつい秘書時代の〝社長至上主義〟が顔を出す。出さなくとも、京志郎が間違ったことなどない。

「それなら、君は俺が好きで、俺が君にプロポーズをする用意をしていたのは、間違ったことではないんだな」

「それは……、は、は、はいっ」

ストレートすぎて焦ってしまう。京志郎の結婚疑惑が解決したとたん、秘書時代には知りえなかった強引さを感じる。

「それなら、君からも『好き』と言ってくれないか」

「えっ、あ……」

「俺は言った。一度言ったらスッキリして何回でも言いたい気分だ。いっそ耳元でずっと囁いていたい」

そんなことをされたら、幸せすぎて耳から溶けてしまう……。

「だから、君からも同じ言葉を聞きたい。……もちろん、これは、単なる俺の希望なので、無理強いはしないが……」

京志郎の視線がわずかに下へそれた気がする。顔は上がっているし涼楓を見つめているように見えるが、視線が合っていないように感じた。

——そこに、既視感が湧きあがる。

(……もしかして、緊張してる？)

思いだしたのだ。自分にもこんなことがあった。

入社式の日、予想外に素敵すぎた社長を前に緊張し、ドキドキして顔を見つめていられなかった。それでもあからさまに目をそらすことができなくて、なんとなく視線をぼやかしていた。

(緊張……、この人が、わたしに対して緊張……？)

自信に満ちあふれ、行動力と決断力に優れた、近衛京志郎社長。

そんな姿ばかりをそばで見つめ続けていた涼楓に、この反応は信じられないほど尊く胸の奥を締めつける。

感動でいっぱいだ。

「……好きです」

これを口に出さずしてなんとする。ここで言わなくては、今までの京志郎への想いが泣くというもの。

「好きです、京志郎さんが、大好きです。入社式で、初めてお見かけしたときから……って言っても、顔が好みだからって理由で好きになったんじゃありません。京志郎さんの真摯に仕事に向かい合う姿勢、厳しさ、懐の深さ、優しさ、そして、その凛々しさで無意識にかわいい行動をとってしまうところとか、転げまわりたいくらい大好きですっ！」

きっかけができればあとはたやすい。涼楓の口からは京志郎への想いがどんどんと吐き出される。ついには彼の雰囲気とはズレている言動を見て喜んでいる自分についてまで白状してしまった。

本当ならもっと語ることができたのだが、京志郎に唇をふさがれ言葉が止まってしまった。

唇を押しつけられたまま片腕で腰を抱かれ、身体を移動させられる。京志郎がベッドに上がり、倒れそうな背中を支えられながら中央に寝かされた。

唇を離し、京志郎は困ったように小さく息を吐いて涼楓の前髪をかき上げる。

「そんなに一気に言うな。涼楓は思いきったらどこまでも突っ走るんだな」

「でも、名前を呼べと言ったのも、好きって言えって言ったのも、京志郎さんですよ」

「それは認める。しかし、そんなに一気に言うとは思わなかった」

「言いたかったんです。一生言えない言葉だと思っていたから……。京志郎さんを名前で呼べる日がくるなんて……夢かもしれない」

「涼楓……」

京志郎の表情から困惑が消える。彼は涼楓のひたいにかかった髪を優しく払ってから頭を撫で、ふっと微笑んだ。

「夢じゃない。愛してる、涼楓」

唇が重なってくる。とてもあたたかくて柔らかくて、愛しい感触。わだかまりがなくなったからだろうか、今までとは違う心地よさがある。

キスをしながら京志郎がスーツの上着を脱ぎ捨てる。ベッドの下に落ちる気配を感じ、涼楓が知っている彼はこんな荒っぽいことをしない人だけに、自分だけが今の彼を知っているのだと思うとドキドキする。

続けてウエストコート、ネクタイも首から引き抜いた。

彼が脱いでいるのだから、涼楓もなにかしたほうがいいのだろうか。服は自分で脱いだほうがいいのだろうか。

（……どうしよう、わからない）

ここにきて大きな問題を思いだす。涼楓がそれなりの夫婦生活を送っていたと京志郎が思っているのなら、当然、処女だとは思っていないだろう。

経験があるフリをするのなら、服はスマートに自分で脱いだほうがいいのかもしれない。

「ん……ぁ、京志郎……さん」

顔の向きが変わる隙を狙って声を出す。唇がかすかに離れ、まぶたを薄く開くが目と鼻の先に京志郎の艶っぽすぎるご尊顔があった。

(京志郎さん……素敵)

へその奥がキュッと絞られる。男性を見て色っぽいと感じたのは初めてだ。

「服を……」

「服？　わかった、脱がせてあげよう。ファスナーは、背中？」

京志郎の手が背中に回ってくる。そんなつもりがなくても、ついつい背中が浮いた。

「い、いいえ、服くらい自分で……」

「いいから、おとなしく俺に委ねておけ。処女なんだから頑張らなくていい」

「そうですか……それじゃあ……、って、えぇっ！」

一度納得するものの、京志郎の言葉に驚きをかくせない。彼は今、「処女なんだから」と言わなかったか。

驚いているあいだにも、京志郎は背中のファスナーを下げてワンピースを脱がせてくれる。ついでにとばかりにストッキングも取られてしまったので、ブラジャーとショーツのみになってしまった。

全裸ではなくても、やはり恥ずかしい。涼楓は両腕を抱いて軽く胸をかくす。上目遣いにちらりと京志郎を見た。

「あの……どうしてわたしがハジメテだって……」

「勘と願望」

「勘と……願、望？」

きょとんっとしてしまう。もう少し確固たるものがあるのかと思っていたのだが、違うようだ。

「キスをしたときの不慣れな様子から察して、希望を持った。そうであってほしいという大きな願望だ」

ワイシャツを脱いだ京志郎は、胸をかくす涼楓の両手を摑む。

「〝恩人〟という男性は老齢だろう。君を妻というよりは娘か孫のようにかわいがっていて、家族になりたいからという意味で妻にしたのではないかと思う。邪な気持ちで妻にしたいと思っていたのなら、とっくにしているだろう。とはいっても、涼楓は魅力的だからムラムラして襲いかかられた可能性も……」

「そんなことはありません。おじいちゃんはそんなことをする人じゃ……」

とっさに大倉を擁護する言葉が出てハッとする。これでは「夫婦ではなかった」と言ってしまったようなもの。涼楓は、あくまでも大倉の〝妻〟であったことにしなくてはいけないのに。

「……でも、妻ではあったので……」

「うん、だから、いっときでも涼楓が誰か他の男の〝妻〟という立場であったことが悔しいんだ」

レストランでも同じ言葉を聞いた。あれは、夫婦としての関係があるとかないとかではなく、純粋に〝妻〟という立場だったから悔しいという意味だったのだろう。

（やきもち……ですか？）

そう考えると胸があたたかくなってくる。同時にむず痒さも生まれてきた。そんな胸をかくす手を京志郎が開く。

「でも、こんなかわいい涼楓を見られるのは、俺だけなんだな」

視線が胸と腰の下に落ちているのがわかる。新しい下着でよかったとは思うものの、逆に、こんな派手な下着を着けているのかと呆れられやしないだろうかと心配になった。

「食事に誘ってもらえたので、浮かれて新しいのを下ろしたんですけど……。調子にのってしまって。派手……ですよね？」

言われる前に自分で言う。が、ブラジャーの上から両手で胸を揉みしだかれ、言葉が出なくなった。

「いや、派手ではない。このピンク色が涼楓の白い肌にとてもよく映えてかわいらしい。レースやアップリケになっている花はなんだ？　バラかな。左のカップについた大きなものは華やかだし、右は控えめで、胸の下にも小さなバラが咲いている。中央のスワロフスキーは特別感があっていい。ショーツも同じ柄なのか。そろうとラメの入った糸が引き立つ。やはりこのバラの刺繍のアップリケが可憐だ」

「は、はい……わたしも、それが気に入って……」

(アップリケ！　かわいいです！　言っている京志郎さんがかわいいです！)

ランジェリーのデザインとして使われる同布の飾りはアップリケで間違いはない。だが、京志郎が口にすると、どうしても幼児が洋服や持ち物につけるかわいい柄のアップリケを想像してしまうのだ。

解説してしまうほどブラジャーの柄が気に入ってもらえるなんて。思いきって新しい下着を着けてきてよかった。

「以前、涼楓の下着姿を見たときはレースが控えめで清楚なものだった。まったく違うものを浮かれて選んだということは、そうか、これが〝勝負下着〟というものか。涼楓も〝その覚悟があった〟ということなんだな」

「覚悟……といいますか、……はい」

もう覚悟があったことにしておこう。

涼楓が同じ気持ちなのだと知ると京志郎はとても喜んでくれる。それに、思いきった下着で京志郎が昂ぶってくれるなら、それはそれで嬉しい。

「気に入ってもらえました？」

「もちろんだ。とてもかわいらしすぎて、このままずっと眺めていたい気持ちと、今すぐむしり取って涼楓を堪能したい気持ちとが大喧嘩をしている」

「それは大変ですが、どちらが勝ちそうですか？」

話しているあいだも京志郎の手はずっと胸のふくらみを握っている。適度な圧がかかり続けている部分がじわじわと熱を持って、自分の中にある未知の部分を熱くしていく。

「絶対、こっち」

手が離れたかと思うと、京志郎は躊躇なくブラジャーを取り去ってしまう。かくす間もなく彼の両手に包みこまれた。

「ずっと欲しくて欲しくて焦がれたものが目の前にあるのに、選択しない手はない」

嬉しそうというか、勝気な表情にドキリとする。

この顔を涼楓はよく知っている。大きな仕事を成功に導いたときに見せる顔だ。

涼楓と気持ちが通じ合ったことを、それほどまでに喜んでくれている。「欲しくて欲しくて焦がれたもの」と言ってくれている。

（嬉しい……）

柔らかなふくらみを揉みこみながら、京志郎の唇が胸の頂を捕らえる。彼の舌に舐めまわされる皮膚は、最初くすぐったい感覚しかくれなかったのに、だんだんとむず痒いじれったさを生み出してきた。

「んっ、ぁ、ハァ……」

口で呼吸をしているだけなのに、媚びたような吐息がもれる。彼の舌に肌が反応するたびに胸が弾んで呼吸が乱れるせいで、これを止めることができない。

おまけに熱を帯びたものが胸の奥からこみ上げてきて、吐息なのか声なのかわからなくなってきた。

「う、んっ、あっ……やぁぁ……」

そんな反応に煽られたのか、京志郎の舌の動きが激しくなる。うずうずする先端に絡みつき、ちゅぱちゅぱと吸いたてている。

もう片方の先端も二本の指でつままれ、くりくりとひねられているうちにぷっくりとした赤い実に変わっていった。

「綺麗な色に染まっている。感じてくれているんだな」

「感じ……あっ、んふぅンッ」

胸の突起は両方とも色濃く実り、見たことのない大きさに育てあげられている。さらに片方は唾液に濡らされてなんともいえないいやらしさを漂わせていた。

それを京志郎にされているのだと思うと、それだけで脚の付け根が疼く。たまらなくて無意識のうちに両腿をすり合わせてしまう。

両腿の合わせ目に彼の手が這う。あっと思ったときには腿の付け根の隙間にもぐりこんできた。

「あっ……」

「これはいけない。すぐ脱ごう」

「えっ！」

動揺せずにはいられない部分に触れられたことに驚いた直後、発せられた彼の言葉に動揺する。だからといって涼楓になにかできるわけではなく、あっさりとショーツを取られてしまった。

「きょ、京志郎さん……早っ」

全裸にされると今まで以上の羞恥が募る。最後の一枚があるのとないのとでは結構違うものだ。

「すでにしみている気配がした。せっかく涼楓が用意してくれた勝負下着なのに、初着用で二度と着用できないくらいぐちゃぐちゃにするのは忍びない。……本音を言えばしてしまいたかったが……」

冷静に説明をしながら涼楓の両膝を立てた京志郎は、そのまま脚を広げて恥ずかしい部分に顔を近づける。

二度と着用できないくらいというのはどのレベルのぐちゃぐちゃなのだろう……と考え

そうになっていた涼楓の思考が一瞬にして吹っ飛ぶ。

「きょ、きょうしろうさっ……」

慌てる涼楓を知ってか知らずか、京志郎は秘部を大きく舐めあげ続けて舌を動かした。

「あっ……ダメ、ンッ……！」

恥ずかしさのあまり起き上がりかけた身体は肘をついたまま途中で止まる。真正面の脚のあいだで京志郎の頭が忙しなく動いているのが見えて、恥ずかしいのにいやだという感情は湧いてこない。

むしろ京志郎が夢中になってむしゃぶりついているように見えてしまって、その様子に愛しさが生まれてしまう。

「あっ……ぅんん……、そこ、ダメェ……ぁぁ」

「脱がせたときからべちゃべちゃだった。舐め取ってあげようと思っているのに、ずっとべちゃべちゃだ。ほら……」

京志郎の舌が細かく動き、蜜床の蜜を弾く。水を舐めるようなぴちゃぴちゃという音が大きく響き、涼楓はもどかしさのあまり腰を細かく揺らし両足でシーツを擦った。

デリケートな部分だという知識はあるが、それがこんなにも複雑な感覚を伴う場所だったとは思わなかった。京志郎の舌が触れるたび、そこで小さな火花が弾けるよう。

刺激が強すぎて痛いような気もするのに、余韻がたまらなく心地よく沁みてくる。それがあるから、やめてほしいと思えない。むしろ……続けてくれるのを望む自分がいる。

「あっ、あ……そんな、音たてないで……ぁぁんっ」

「どんどんあふれてくるから無理だ。ここが、気持ちいいって泣いている」

指が膣孔の上を撫でるように動く。ときおり入り口に溜まる蜜を掻き出し内側に軽い刺激を与える。たっぷり潤っているせいかその動きはスムーズで、容赦なく官能が刺激された。

「あぁ、ぁっ、やぁぁ……んンッ」

指を動かす京志郎が涼楓を見つめる。優しげな眼差しなのに、愛撫に反応する顔を見られているのだと思うと彼がずるく思えた。

また、涼楓もそんな彼から目が離せなくなっている。嬉しそうに自分に触れているのを見ると、彼が喜んでくれているのだとわかって嬉しい。

とてもいやらしいことをされているのだとわかっているけれど、京志郎にされているのだと実感することで涼楓もまた昂ぶった。

「そこ……そこ、熱くて……ヘン、あっ、ぁゥん……」

触れられている部分がとても熱くて、疼きが大きくなってくる。腰が焦れ動き、また足が小刻みにシーツを擦った。

「そうだな、かわいい入り口がピクピクしている。そのまま、素直に感じていること。いいね」

「え……？　あっ！」

京志郎が再び秘部に舌を這わせる。先ほどとは違い、今度は上のほうで大きく円を描くように舌を動かした。

「ひぁっ……ぁぁっ！」

細い悲鳴のような声が出た。舌の刺激が今までにないくらい飛び抜けたものだったのだ。

「あぁぁ……、あっ、やぁぁん」

指は膣口を撫で回している。その刺激も忘れてしまうほど、今は舌の感触しか伝わってこない。

恥丘の近くで舌が動いているせいか、涼楓の弱いところを嬲っている赤いものがよく見える。最初は羞恥でいっぱいだったはずなのに、伝わってくる刺激が愉悦に変わってどんどん溜まっていく。

（おかしくなりそう……）

本気でそう思う。考えたこともない淫らな感情が胸の奥からにじみ出てくる。

「ダメ……そんな、に……あぁぁっ……」

愉悦に浸っているはずなのに、なぜこんなにもどかしく重苦しいのだろう。

「あっ……ああっ、京志郎さっ……ダメェ、苦し……」

無意識に腰が動く。そうすると京志郎の舌や指の強弱が変わることに気づき、自分が望む強さに調節できた。

「わかった。イかせてあげるから。そんなに押しつけるな。嬉しいが窒息する」

軽く笑われハッとする。言われてみれば秘部を彼に押しつけるような動きをしたかもしれない。慌てて腰を引こうとする。が、両腕で腿を抱えこまれ、今まで舌を回していた部分に大きく吸いつかれた。

「ひゃぁっ、ぁぁぁっ……！」

細い声が震え、彼の舌が秘めやかな媚芽をすり潰す。その瞬間、目の前に白い火花が散り重苦しく感じていた愉悦が爆ぜた。

「やぁぁぁぁん――――！」

浮いていた上半身の背が反り、その反動で肘が崩れてやっと身体がシーツに落ちる。両のつま先が立ち、脚が小刻みに左右に揺れた。

「あっ……ぁぁ、ハァ……ァ」

息があがって頭がぼうっとする。全身の熱が集中したかのように顔が熱い。きっと、ぼんやりとした締まりのない顔をしているだろう。そんなみっともない顔を見られたくないと思うのに、京志郎は涼楓を見つめ、ひたいにキスをしてきた。

「とても色っぽい顔をする。そんな顔をされたら、もう我慢できない。……まあ、するつもりもないが」

色っぽいのだろうか。愉悦に翻弄された果ての顔なのに。

「さすが涼楓は優秀だ。上手にイけたな。もう苦しくないだろう?」

乱れる息で声は出ず、涼楓は首を縦に振る。先ほどの大きく弾ける感覚が、知識として知っているだけだった「絶頂に達する」というものだったのだろう。

弾けるまでは重苦しくてつらかったが、余韻はとても心地よい……。

「……京志郎さんが……気持ちよくしてくれたから……、苦しくなくなったんです。ありがと、ございます……」

頭が上手く回っていないうちに出してしまった言葉は、少々京志郎のなにかを刺激したようだ。

彼はガバッと起き上がると「ちょっと待っていて」とベッドを下り、残っていたトラウザーズを脱いでいった。

視界に入れてしまうのも遠慮がない気がして、さりげなく目をそらそうとする。その矢先に彼が顔を向けて「涼楓」と呼ぶので視線が合ってしまった。

「着けるから、心配しなくていい」

チラッと見せてきたのは小さな四角い包み。確信はないまでも「もしかして」と思っているると、京志郎が封を切って準備を始めたので今度こそ視線をそらした。

「あ……持っていたんですね。よかった……です」

声をかけてくれたのだからなにか返したほうがいいと思ったのだが、これでは心配していたと言っているみたいだ。

それどころか、見せられるまで避妊具の存在を考えていなかった。

考えていなかったというと不真面目にも思えるが、なにしろハジメテで、おまけにずっと恋焦がれていた京志郎とこういうことになって、気持ちの全部を彼にもっていかれてしまっている。

彼がくれる初めての快感を受け止めることで、心も身体もいっぱいいっぱいになっているのだ。

「今夜は〝そのつもり〟で誘ったんだから、準備は抜かりない」

「さ、さすがです」

返事に困る。さすがと言うと「準備に手馴れている」と言っているようにとられないだろうか。それとも準備万端整えてくれていたのだから「ありがとうございます」と礼を言うのが正解だろうか。

言葉に迷っていたものの、再び脚を広げられ思考の外になる。いよいよだと思うと鼓動が早くなってきた。

「涼楓」

「は、はい……」

　ちょっと情けない声が出てしまった気がする。軽く覆いかぶさってきた京志郎が涼楓の髪をかき上げるように頭を撫で、真剣な口調になる。

「痛くてつらかったら、思いっきり泣いてくれ。俺を叩いてもいい」

「は……い？」

「申し訳ないが、泣かないように優しくする余裕がもてないかもしれない。今、話すだけで精一杯で、気を抜くと暴走しそうだ」

「それは……」

　実に正直である。

　しかし、涼楓を求めて余裕がもてないというのは、ドキドキする言葉ではある。

「泣かないように……頑張ります」

「無理はするな。もし泣いてしまったら、俺が全力で慰める。泣きやんでくれるまで、誠心誠意であやす覚悟だ」

「あやす……」

　……これは、泣いたほうが涼楓的には美味しいのではないか……。

（あやされたい。京志郎さんならきっと、抱っこで背中ポンポンして『大丈夫だよ。泣かないで』って言ってくれそう！）

妄想に走りかかるものの、それよりもっとすごいことをされる手前だと思いだし、思考がそれる。

「涼楓、好きだ」

初めて言われたときに散々ドキドキした言葉ではあるが、改めて言われると再び鼓動が駆け足を始める。唇が重なり束の間夢心地になるが、秘部に硬い熱を感じた瞬間大きく腰が跳ねた。

すぐさま鈍い痛みが下半身を襲う。力が入った脚がつま先を立てて固まり、両手は身体の横で強くシーツを握った。

思わず発しそうになる声はキスにさらわれ、舌は京志郎の口腔内でぺちゃぺちゃと舐られる。集中して刺激される舌が妙に気持ちよくて、痛みに対する発声は出番がない。

「ハァ……ふぁ、はぁ……んっ」

舌を搦め捕られているせいもあるのか、漏れる声はすべて舌ったらずな甘えたトーンになる。そうすると京志郎の舌の動きが激しくなるような気がした。

キスに夢中になるうちにも、京志郎はグッグッと少しずつ確実に狭い隘路を拓いてくる。彼が動くたびに痛みのようなものはあるが、どちらかといえば圧迫感からくる苦しさのほうが大きかった。

柔らかな媚肉が押し広げられ熱い剛直に埋められていく。初めて自分の中をいっぱいにされる感覚。

（京志郎さんが……わたしの中に……）

そう思うと、この充溢感さえも愛しくなる。涼楓はシーツから手を離して京志郎の背中に回した。

熱い体温としっとりした肌が、昂ぶっているのは彼も同じなのだと教えてくれる。素肌の感触が堪らなくて、さらに強く抱きついた。

「……痛いか？」

破瓜の痛みのせいだと勘違いをしたのだろう。心配そうに聞かれ、涼楓は急いで首を左右に振り感情のままに言葉を出す。

「違うの……嬉しい、から、もっと……もっと、京志郎さんを……感じたくて」

「涼楓……」

京志郎がわずかに驚いた声を出し、涼楓を抱きしめる。より彼と密着できたことに、触れ合う肌をとおして全身が歓喜した。

「あ……ァっ……ん」

思わず漏れる声が、甘い。

好きなアーティストのライブで感動しすぎて失神するという話を聞いたことがあるが、こういう感覚なのかもしれない。とにかく相手のすべてが好きすぎて、こうして触れ合えていることに感動する。

悦びに浮かされて、全身の力が抜けていく。痛みとして捕らえていたものがフッと軽くなっていった……。

「ああ、いい子だ、涼楓。たくさん俺を感じてくれ」

力が抜けたのはいいことだったのかもしれない。京志郎が安堵した様子を見せ、一気に腰を進めたのだ。

ぐにぐにぐにっと熱塊が進行し、恥骨同士が密着するほどに繋がった。

「はっ、あっ……ぁぁ」

行き止まりまでぎっちり詰められた感覚で腹部がうねり、吐息を震わせながら首を反らす。隙間のない充溢感が、言葉に表せないくらいの心地よさにすり替わっていく。

自分の中にいる京志郎を強く感じる。彼の大きさや熱が内側から染み渡ってくる。

「京……志郎さんで、いっぱい……あっぁ、うれしい……」

「涼楓を感じられて、俺も嬉しい……。やっと……やっと君を……」

感極まったかのように声を詰まらせ、京志郎は言葉を出す代わりにゆっくりと腰を揺らしはじめる。

あまりにもみっちり詰まっているせいか、彼が腰を引くとおなかから空気が逆流していくようなおかしな感覚が生まれる。

引かれた剛直が再び突き進んでくる。引っ張られた膣壁が押しこまれ、熱くなった彼自身を離すまいと締めつけた。

「涼楓……きついぃ」

「んっ……ごめ、んなさ……ぁっあああん……」

「謝らなくていい。初めて男を受け入れたんだから、形ができていないのは当然だ。すぐ、俺の形になる」

「京志郎……さんの……、んん、ハァ、あっ……」

とても意味深なことを言われた気がするのに、繋がった部分から生まれる特殊な感覚にしか気持ちがいかなくなっている。

京志郎の動きがだんだんと大きくなり、蜜路を擦りあげられる刺激も大きくなって、そこから伝わってくるなんともいえない官能的なものも大きくなっていった。

「あっぁ……そこ、ああっ、ダメェ……あぁぅん」

「どうした？　まだ痛いか？　苦しい？」

「違……ちが、う……熱くて……身体、おかしくなりそ……ハァ、あああっ……！」

抜き挿しされるたび、もどかしいものが溜まっていく。甘ったるい電流が全身に走って、重なり合う肌が疼く。

「京志郎さ……、さわって……わたしのこと……ああっ、もっと、もっとさわってぇ……

やあぁぁん」

　さわってもらって肌を刺激されれば、この疼きが収まるかもしれない。浅はかな考えかもしれないが、とにかく全身が刺激を求めているように思えた。

　もちろんとばかりに胸のふくらみを両手でつかみ上げられ、激しく揉みしだかれる。

「あっ！　あぁぁんっ！」

　まったく違う形に揉み崩されていく柔らかなふくらみ。快感に翻弄されてピンク色に染まり、頂はより色濃く恥辱色に染まる。

……収まるどころか、快楽の罠に自らはまってしまったかもしれない。刺激が増えたせいか、繋がった部分の感覚が強くなった気がする。

「あぁぁんっ、やっ、ダメェッ……！」

「ダメじゃないだろう。気持ちよくてたまらないって反応ばかりして」

　脚を京志郎の両腕にとられ腰が上がる。なんだかいやらしい体勢になっている気もしたが、打ち込まれる熱杭が激しさを増し深くは考えられなくなった。

「あっ、ぁぁ、すみま、せ……わたしっ、あぁぁんっ！」

「謝らなくていい。気持ちよかったら気持ちいいと素直に言って。恥ずかしくない。涼楓が俺とつながって気持ちよくなるのは素晴らしいことじゃないのか？」

　諭す深い声にゾクゾクする。いつもの落ち着きがあるようで、彼らしくない余裕のなさも窺える。

こんな京志郎を感じているのは自分だけなのだという思いが、涼楓の思考を愉悦でぐちゃぐちゃにした。

「気持ち……ィイ、京志郎さっ……気持ちイイ、のぉ、ヘンに、なりそ……」

「涼楓……、ちゃんと言えて、イイ子だ」

身体が快感の濁流に呑まれようとしているところに、艶のある雄々しい声で「イイ子だ」発言。胸のときめきを一気に鷲掴まれ、官能のボルテージが急上昇する。

「やだぁ……もぉぉ、おかしくなっちゃいます……ぅぅん！」

腰が上がったせいなのか、先ほどより律動がスムーズで圧迫される苦しさをまったく感じない。

ただひたすら、京志郎の剛直に未知の快感を生み出していく淫路をぐじゅぐじゅに突きまくられて、身体がおかしくなってしまいそう。

「俺も……涼楓のナカが気持ちよすぎておかしくなりそうだ」

「ンッ、あ、やぁぁん……溶けちゃぅ、ぅぅんっ」

蜜窟が熱くて本当に溶けてしまいそう。ずりゅずりゅと絶え間なく擦られて、初めての愉悦に意識まで支配される。

胸の頂を咥えこまれ、吸いたてながら舌が乳頭をもてあそぶ。さらに与えられる快感に、涼楓の官能が降伏する。

「ダメ……も、ダメェ、きょうしろうさっ……！」

なにがダメなのか自分でもよくわからない。ただ、本当に〝ダメ〟なのだ。溜まり溜まったもどかしさが爆発しそうで堪えられない。

「ダメで大丈夫。ほら、イっていいから」

熱塊に最奥を穿たれ乳首を強く吸いたてられて、頭につきぬけた刺激が大きな火花を散らして爆ぜた。

「やぁっ……あぁぁ、きょうしろうさぁんっ――――!!」

「……すずかっ」

声を詰まらせ、京志郎が数回強く剛直を叩きこむ。涼楓の奥で止まり、腕にかかえていた両脚をゆっくりと下ろしてくれた。

「涼楓……」

頭がふわふわする。両脚が痙攣して、繋がった部分はピクピクと蠢き止まらない。

脱力しても彼の背中に回した手にはしっかりと力が入っている。離したくなかった。もしかしてこの幸せが夢で、手を離したら消えてしまうのではないかと思えて。

「愛してる、涼楓」

しかし、聞こえる京志郎の声は本物だ。

涼楓は安心して彼と視線を合わせ、唇を重ねた。

＊＊＊＊＊

「すずちゃん、連絡こないな……」

腕を組んで室内をうろうろする実。その足音がうしろにくるのを察して、誠はため息をつきながら座っているデスクチェアをぐるっと回した。

「落ち着きなよ。あのすずちゃんが『一生宝物にする』とまで言ってくれたワンピースでお洒落をして出かけたんだから。デートなんだよ。自撮りが送られてきたあとのメッセージに既読もつかないってことは……、察してあげな」

「わかってる、わかってるけどさっ。……あーっ、なんだよ、妙に物分かりよすぎてムカつくな、おまえっ」

実なりに納得はしてるようだが、しきれないところもあるようだ。身近なところで誠に軽く八つ当たりが飛んでくる。

涼楓からの自撮り付きメッセージが入ったとき、ふたりはマンションの自分の部屋にいた。返信を連投しながら実が誠の部屋に飛びこんできて、今に至る。

「……どんな男かな、とか……気になるだろう？」

ポツリと呟かれる心配事の本音。同意を求めたものの、誠のほうは涼楓からの自撮りが届いたときから冷静で、同じ意見ではないのかと少し心配になる。

顔はもちろん、やることも考えることも「そっくり！」と言われる一卵性双生児ではあるが、実が感情的になってしまうとき誠のほうは妙に冷静だ。

そんな誠を、実はときどき「オレの兄、かっこよくね？」と思ってしまい、「あっ、でも顔はそっくりなんだよな。じゃあ、オレもかっこいいのか？」と思い直すのである。

「もちろん。実が気にしているのに、僕が気にしていないわけがないだろう？」

にっこりとしながら答える誠は、はたから見ればさほど気にしていないように見える。実も一瞬そう思ったのだが……、チェアの肘置きを握る誠の手の甲には血管が浮かび、かなり力が入っているのがわかる。

……かなり気にしている。

むしろ、怒りを抑えているのかもしれない。

（誠……怒ると恐ぇんだよな……）

これは話題を変えたほうがいいかもしれない。実が引きかかったとき、誠が大きなため息をつき背もたれに寄りかかった。

「……あの人だといいな……って思うんだけど。さすがに、どうかな」

「あの人？　……あっ、辞めた会社の社長？」

本人から直接聞いたことはないものの、涼楓が勤め先の社長に恋心をいだいていることをふたりは知っている。誠と実だけではない。大倉も知っていた。

会社での話をすれば社長の話が断然多い。ボスなのだから当たり前とはいえ、話をするときの涼楓は嬉しそうで恥ずかしそうで、とてもかわいらしいのだ。

バレバレなのである。気づかれていないと思っているのは本人だけだろう。

涼楓はシッカリ者だが自分のことに関しては少々鈍い。頬を染めて社長の話をする涼楓を見ながら、「好きなんでしょー？」とからかってしまいたいのを毎回堪える弟たちなのである。

「すずちゃんが男とデートだとして、社長以外についていくと思う？」

「思わない」

「だよね」

即答する実に同意する誠。双子の意見は一致する。

「すずちゃん、辞めたあとも引きずってるみたいだったし。おじいちゃんの四十九日をすぎてからお屋敷を出たけど、約四ヶ月半、他に男が接触するようなこともなかった。自分のアパートに戻ってすぐ、こんなデート疑惑が持ち上がるなんて。相手は社長以外考えられないんだけど……」

「会社は辞めているし、一応寿退社ってことになってるらしいし。すずちゃんは自分から連絡を取れる性格じゃない。となれば社長から？　どうして？　おじいちゃんの訃報は仕事の関係者くらいしか知らないし、接点はないはずだし」

誠の言葉を実が引き継ぐ。考えはまったく同じ。ふたりは顔を見合わせ、うなずき合う。

先に声を発するのは誠だ。

「人妻でもいいから、すずちゃんに会いたかった。だから連絡をとった」

「すると結婚相手は他界している。四十九日をすぎたばかりで性急すぎるとはいえ、我慢できずにデートに誘い……」

「意気投合」

「ヤっちゃった」

ふたりの声が重なる。タイミングも内容も同じではあったが実の言いかたに問題があった。誠に眉をひそめられ、実は視線をそらしてごまかすように浮かれた声を出す。

「そ、そっかぁ、よかったなぁ、すずちゃーん」

「よかったけど、その社長は、本当にすずちゃんのことが好きで誘ってきたのかな。おじいちゃんの訃報を知ったから……じゃなければいいけど」

誠の深刻な言葉に、実は表情を落として顔を向ける。なにを言いたいかがわかったからだ。実の声も深刻になった。

「……遺産目当てに……ってこと?」

「弁護士さんが言っていたこと、思いだしたんだ」

姉弟三人、特に妻役を担った涼楓は弁護士から強く言い聞かされた。

妻の存在を公にはしていないものの、それを嗅ぎつける輩は必ずいる。いきなり連絡をよこす知人、いきなり現れる知らない親族、なぜか親しげに言い寄ってくる他人。四十九日をすぎて自分の生活に戻ったら充分注意するように、と。

「すごく説得力のあるいい弁護士さんだったし、あの人があれだけ強調していたんだから……本当に、気をつけなくちゃならないんだと思う」

「オレもそう思う」

ふたりは顔を見合わせる。

大好きな姉が想い焦がれていた男性と上手くいくのは嬉しい。だが、姉の気持ちは知っていても男性側の気持ちは知らない。

「騙されてる?」

「とかじゃないよな……」

誠の言葉を実が続け、ふたりは同じ顔で眉を寄せた。

第四章　幸せは優しい贖罪

「また連絡する。というか、『おやすみ』を言いたいから、マンションに戻ったら電話をしていいだろうか。あっ、もしかしてすぐ寝たい？　そうだな、ふた晩一緒にいて、ずいぶんと疲れさせてしまった。涼楓が優しいから、ついその気になって調子にのってしまった。申し訳ない。それならせめてメッセージを入れてもいいだろうか」

そこまで気にしなくていい……。

連絡を入れる許可をもらおうと、こちらの様子を先読みしながら懸命になる京志郎を前に、涼楓は照れるやら笑いたくなるやらで大変だ。

金曜日の夜から彼と甘い時間をすごした。

日曜日の夜、涼楓はやっとアパートへ戻ってきたのである。迎えに来てくれたときと同じように、帰りも京志郎がドアの前まで送ってくれた。

車を降りてから玄関前まで、腕を組んで歩いた。「涼楓、ほら」と左腕を少し曲げて見せてくれたので、照れつつも腕を絡ませたのである。

なんでも、迎えにきたときも京志郎は同じポーズをして涼楓が腕をとってくれるのを待っていたらしい。

思いだしてみれば確かにそんなポーズをしていた。

服の着心地が悪いのかと考えたのはまったくの勘違いだったようだ。「腕、組む?」と聞いてくれれば喜んで腕をとったのに。

(言ってくれればいいのに。京志郎さんって、ヘンなところで不器用さんだよね)

ちょっとくすぐったくなりつつ、……もしかして自分が鈍いだけだろうかと思いもする。

京志郎は涼楓が彼に想いを寄せていると感じ続けていたようだが、涼楓は彼の気持ちにまったく気づけていなかった。それを考えると、やはり原因は……。

(やっぱりわたしって、鈍い……?)

「涼楓?」

呼びかけられてハッとする。なんとなく帰ってくるまでのことを思い返していて、京志郎への返事をおざなりにしてしまった。

あまり気にさせないためにも、涼楓はにこりと微笑む。

「お電話、待っていてもいいですか? 眠る前に京志郎さんの声が聞きたいです」

「もちろんだ……」

感動したと言わんばかりに京志郎は涼楓を抱きしめる。

アパートは外廊下だし住民が通りかかったら恥ずかしいとは思うが、京志郎に抱きしめられているのが嬉しくて突き放せない。むしろ背中に手を回してしまう。

羞恥心VS愛。愛の圧勝である。

「急いで帰って電話をする。待っていてくれ」

「あまり急ぐと危ないですよ。のんびり待っているから、大丈夫です」

「わかった。じゃあ、行くよ。君と週末を過ごせて嬉しかった」

「わたしもです。嬉しいし、幸せです」

「それなら俺は、嬉しくて幸せでハッピーだ」

「へんな対抗の仕方しないでくださいっ」

クスクス笑ってしまう。同じように京志郎も笑うが、――放してくれる気配がない。

同じく、涼楓も彼の背中から手を離さない。

そのまま、どちらも動かず抱き合っていた。……が……。

「このままだと、朝になってしまうのでは？」

「わたしもそう思います」

京志郎の意見には大いに共感する。お互い離れがたいのを確認してから、しかしそれではいけないと、やっと身体を離す。

すぐに顎をさらわれ、唇が重なった。

「離れたくないって言ったら怒る？」

さらに詰めてくる京志郎。さすがにくすっと笑いが漏れた。

「我が儘ですよ。京志郎さんは明日から一週間のお仕事が始まるんです。体調を整えて気力を蓄えないと」

鼓舞するつもりで出した言葉だったが、自分の言葉でふと思いだす。

「お仕事といえば、わたしの離職票とかのことも、よろしくお願いしますね」

「離職票……？　前に言っていた件か。あれは……必要ないだろう」

「なくはないです」

「君が職探しをする必要はない。なんなら、仕事をする必要もない」

「……それは」

彼の言葉をどうとったらいい。やはり、遺産が入ったのだから働く必要はないと思っているのだろうか。

戸惑う涼楓を意に介さず、京志郎は腕時計を確認し、素早く唇にキスをして踵を返した。

「マンションについたら電話をするよ。涼楓も寒くなる前に部屋に入って」

「は、はい。お気をつけて」

片手を上げて京志郎を見送る。車に戻るまで何度も振り向き、そのたびに手を振る京志郎に手を振り返し、走り去る車が見えなくなるまで目で追った。

涼楓は振っていた手を握り締め、胸を押さえる。

(何回振り向くんですかっ。おまけに手の振りかたが大きいですっ。腕を伸ばして大きく振るとか……子どもですかっ！　むちゃくちゃかわいいんですけどっ！！！！！)

……大興奮である。

涼楓はつくづく思う。あんなにも厳格さが漂う男前なのに。なにゆえ京志郎の行動や言動はときどきこんなにもかわいくなってしまうのだろう。

(京志郎さん……)

恋焦がれた彼と金曜日の夜からずっと一緒にいたなんて、おまけに両想いで、そんな彼に何度も抱かれて……。

顔がポポポポッと熱くなっていく。京志郎には寒くなる前に家に入ってと言われたが、コートを着ているのが暑いくらいだ。

「早く着替えよう……」

コートを脱ぎたい一心で鍵を取り出しドアを開ける。

「ただいま～」

独り言のように言いながら入り、ドアを閉めて施錠するのはいつもの習慣。その流れでドアの内側についた郵便の受け取り口に手を入れる。……が、金曜日の夜から留守にしていたのだし、土曜日曜は配達がない。郵便物があるわけがない。

そう思いつきはしたが、指先に紙が触れた。取り出してみると、見慣れた大きさの白い封筒だ。

封はされているが宛名も差出人の名前もない。封筒に入ったポスティングチラシの類だろう。

さほど気にせず靴を脱ぎ、リビングのソファにバッグと一緒に置いた。

着替えをしながら、寝る前に軽くシャワーを浴びようと考える。しかし京志郎からいつ電話がくるかわからない。

(電話がきてから入ろう)

そう考え直し、コートの手入れをしたりコーヒーを入れたり、土曜日曜の新聞を電子版でチェックしたり、日常的なことで気を紛らわす。

しかし、なにをしていても京志郎からの電話が気になる。今くるか、今くるかと考えて落ち着けない。

(もおおおおっ、京志郎さんっ、はやくっ!)

タブレットを片手にソファで脚をバタバタさせる。焦れた子どものようだと感じれば、京志郎のことは言えない涼楓である。

ふと、バッグと一緒にソファに置きっぱなしの封筒が目に入る。なんのダイレクトメールなのだろうと何気に手が伸びたが、待たせたなとばかりに大きく鳴り響いたスマホの着信音が涼楓の動きを止めた。

「はいっ、涼楓ですっ」

一瞬にして封筒は忘れ去られる。さらに涼楓が待ち望んだ声が鼓膜を震わせ幸せをつれてきた。

『応答速いな〜。驚いたよ。もしかしてスマホとにらめっこしながら待っていた？』

もちろん、相手は京志郎である。涼楓は居住まいを正しながらタブレットを横に置く。

「ち、違いますよ。のんびり新聞を見てました。電子だけど」

『え？　待っていてくれたのかなって思ったのに。違うの？』

「……待ってましたよ。すごく」

好きな人が望んでくれているのだ。待っていたことを白状せざるをえない。

「シャワー浴びようかなと思ったけど、いつ京志郎さんから電話がくるかわからないから、まだかなまだかなって思いながら待っていました」

『シャワー？　今日は朝も昼も一緒に入浴したのに？』

「いや、でもっ、入浴しましたけどっ……、しましたけどっ、洗ってないし、えーとっ」

二の句が継げない。一緒に入浴はしたが、そのまま入浴以外のことに突入してしまって身体を洗うなど普通のことができていないのだ。

慌てる様子を察したらしく、京志郎が楽しげに笑う。

『俺はできればこのままベッドに入りたいな。涼楓と触れ合った身体を洗い流すなんてもったいない』

「……そのご意見は大変嬉しいのですが、できれば、洗ってください。清潔第一ですよ」

『〝秘書〟の立場でも、そう言う？』

「え？　それは……もちろん」

どういった趣旨でそんなことを聞かれたのかわからなかったものの、考える前に言葉が出る。すると京志郎が声を張った。

『そうか。それならそうしよう。優秀な秘書の言うことは聞いておくにかぎる』

ズキン……と胸が痛んだ。涼楓はもう秘書ではない。それなのに、大好きな凜々しい声でそんなことを言われてしまったら……。

――秘書に、戻りたくなってしまう。

（もう一度、京志郎さんの秘書に……）

お互いの想いを確かめ合った仲だ。頼めば戻らせてもらえるかもしれない。

（駄目、そんなの、ズルイ）

甘えかけた心を、すかさず諫める。

仮に京志郎が許してくれたとしても、やよいをはじめとした他の社員が許さないだろう。勝手に仕事を辞めて、またいきなり戻ってくるなんて、誰が聞いたって非常識だ。

『ああ、そうだ、聞きたいことがあるのだが……』

沈みかけた気持ちを引き上げ、涼楓はスマホを握りなおす。「なんですか?」と意識をして明るい声を出した。

『涼楓が相続したものには土地建物などもあったと思うが、それらはどうしたんだ?』

「土地建物……ですか?　そうですね……国内外、別荘が数十軒あって……すべて売却対象になっています。管理はできないので」

『そうか、確かにそのほうがいいな。そのなかで、一番気に入っていた建物はある?』

「一番といわれても、全部見たことがあるわけじゃないし……。そうですね、やっぱり、住んでいた本邸でしょうか。子どものころ初めて入ったのも、最後にすごしたのも、あのお屋敷でしたから」

『弟さんたちもそうかな?』

弟たちを話に出されて言葉が止まる。不思議なものを感じたものの、避けるような話題でもない。

「ええ、おそらく。あそこには姉弟の思い出もたくさんありますから」

『売りに出した屋敷や別荘の評価額はどのくらいだろう?』

「評価額……ですか？」

『平均的にわかれば、涼楓が譲り受けたものの総額がどの程度なのか見当がつくなと思って』

「総額……」

涼楓の反応は徐々に鈍くなった。ただ不思議に感じていた気持ちに、怪訝な色が影を落としはじめる。

――なぜ、そんなことが知りたいのだろう……。

「そういった関係のことは税理士さんが引き受けてくれているので……。わたしもだいたいならわかるけど……」

『税理士？　土地建物関係を？』

土地建物に関する手続きを専門に行うのは司法書士だ。一般的に詳しく周知されていることでもないだろうが、さすがに京志郎はわかっているようで、少々怪訝な声を出した。

「あっ、税理士と司法書士の資格をダブルで持っている方なんです。庄司さんっていうんですけど、お仕事は早いし、優秀な方ですよ。評価額なんかはわたしも適当なことも言えないから、明日にでも聞いてみましょうか？」

『それは助かる。参考にしたいことがあるからぜひ頼む。明日、仕事が終わるころに連絡する。会えるかい？』

「はい、特に予定もないので……」

『楽しみにしている。仕事のこととか、食事をしながらゆっくり話そう。ディナーの予約を入れておくから。じゃあ、おやすみ』

「はい、おやすみなさい」

張りきる京志郎に反して、涼楓はどことなくスッキリしない。

沈黙を感じたので、こちらが通話を切るのを待っているのかと思った直後、静かな声が聞こえてきた。

『涼楓』

「はい……」

『愛してる』

涼楓が言い返せないうちに、通話が終わる。静かになったスマホを眺めているうちに頬があたたかくなってきた。

「すっごい……不意打ち……」

スマホを膝に置き、両手で頬を押さえる。

ふたりでいるときは、ただただ幸せで夢心地だったが、ひとりになるとじわじわと現実的になってくる。

(本当に……京志郎さんと両想いになったんだ)

恋焦がれた人に「愛してる」なんて言葉をもらえるなんて。

夢じゃないのか。本当にこれは現実なのだろうか。

そんなことを考えていると身体がむずむずしてくる。「もぉ〜〜〜」とじれったい声が出て、湧きあがってくるムズムズを紛らわすために身体を左右にひねった。

こんな動作は初々しい青春漫画特有のものかと思っていたのに、実際にやってしまうもののようだ。

考えてみれば、涼楓にとっては初恋だといっても過言ではない。そうだ、初恋なのだから初々しいのは仕方がない。自分を納得させる。

「あ」

左右に視線がいったせいで再び白い封筒が目に入った。なんのダイレクトメールか知らないが、せめて中を見てから捨てようと思い、手に取る。

しかし白封筒のみというのも珍しい。たいてい店名や会社名が入っているものだが。

中には三つ折にされた紙が一枚入っている。広げようとした段階で、ダイレクトメールではないのがわかった。

紙を広げ、――息を呑んだ。

そこには、タイピングされた文字で短い言葉が並んでいる。

【あなたが本物の妻ではないことを知っている。】

涼楓は身体を固めてそれを凝視した。

「どうして……」

それは、絶対の秘密であるはずなのに……。

その夜は寝つきが悪かった。

封書の内容が気になって仕方がなかったのだ。

ただの悪戯かもしれない。意味深なひと言を添えて不特定多数の郵便受けに入れる。その中の一人ぐらいはなにか思い当たることがあって慌てふためくだろう。それを想像して愉しむ。

そんな愉快犯の仕業だったとすれば、涼楓は、その中の一人、だっただけだ。

ただの悪戯だと思いこもうとしているのに、できない。

……罪悪感のようなものがあるからだ。

法的に妻ではないが、受け継いだ財産は遺言書による遺贈という正式な手続きを踏んでいる。なにも後ろめたいことはしていない。

だが、公に遺産は正式な妻が相続したということにされている。

天涯孤独で、法定相続人がいなかった大倉の莫大な財産。

彼が亡くなったとなれば、それを狙って動き出す輩があとを絶たないだろう。

妻という法定相続人の存在をにおわせることは、邪な考えを持つ人間を極力寄せつけないための手段でもあったのだ。

涼楓はこの秘密を守っていかなくてはならない。結果、大倉の仕事の関係者や知人、会ったことがない大勢の人たちを騙している。

そして京志郎にも、本当のことは言えない。

好きな人を騙し続けなくてはならないと考えると、胸が痛い。

——翌日、正午に、涼楓は税理士であり司法書士でもある庄司の事務所を訪れた。

いきなりなので忙しかったら日を改めようと思い、あらかじめ朝一で電話をかけた。土地建物の売却の件だと言ったところ、午前中ならと時間を空けてくれたのである。

大倉の関係者だから、忙しいけれど無理をしてくれたのではないか。そんな気がして急いで用意をして出向いた。

……が、結局、正午の到着になってしまったのだ。

理由は、知らないうちに事務所が移転していたのである……。

以前までは、東京都下のベッドタウンに建つビジネスビルのワンフロアだった。それが都心のオフィスビルに移っている。

まったく知らなかったので驚いた。

電話で移転先を聞いて急いだが、結局こんな時間になってしまった。

以前より格段に新しい近代的なビルのせいか、事務所内のオフィス家具まで真新しく見える。もしかしたら買い換えただけかもしれない。

「すみません、涼楓さん。そういえば、事務所が移ったことお伝えしていなかったかもしれないですね」

苦笑いをしつつ、庄司は涼楓にあたたかいお茶を出してくれた。

「ちょうど今お昼で、事務の子が出てしまっているので。僕が煎れたお茶で美味しくないかもしれませんが、温まるくらいには役に立つでしょう。飲んでいってください」

「ありがとうございます。すみません、気を使っていただいて」

つきあうつもりではないが涼楓も苦笑いだ。脱いだコートをくるくるっと丸め、ソファに腰を下ろしてバッグと一緒に横に置く。

「いえいえ、ご足労なんていうレベルじゃないご足労をかけてしまいました。事務所移転のハガキもリストからもれていたようで、本当に申し訳ない。寒かったでしょう」

「それでも今日は天気がいいので」

なんだかんだと庇いつつ湯呑みに手を伸ばす。蓋を外すと縁のギリギリ近くまで緑茶がなみなみと入っているのが見えた。

立ちのぼる湯気、もしやと思い湯呑みの側面にそっと触れると、反射的に指が反ってしまうほど熱い。これでは持つこともできない。

(庄司さん……自分でお茶とか煎れたことないんだろうな)

頑張って煎れてくれたのに申し訳ないとは思えど、湯呑みを持てないほど熱くなってはどうしようもない。チラッと庄司を窺うと、彼は自分のデスクに引き返してなにかを取り出している。

背を向けているのを幸いに、涼楓はそのまま背筋を伸ばして両手を膝に置いた。お茶は、もう少し冷めてから、せめて湯呑みが持てるくらいになってからいただこう。

「土地建物の件だそうですが、なにかありましたか?」

テーブルを挟んで向かいの肘掛け椅子に腰を下ろし、庄司は背幅の厚いファイルをめくりはじめる。

「売却状況が気になるようでしたら、売買委託をしている会社に問い合わせてみます。海外の別荘は少し返事が遅くなるかもしれませんが……」

「あっ、それは気にしていません。気に入った方が買い取ってくれたらと思いますし。……売却対象になっているもの、すべてでどの程度の価値になるのか、試算できますか?」

「いろいろと手続きをして、手数料や税関係も差し引きした、最終的に涼楓さんに入る金額、ということですか？」

「そこまで細かくなくてもいいんです。だいたいで」

「涼楓さん」

ファイルを閉じた庄司が身を乗り出す。真剣な顔で涼楓を見た。

「なにかあったんですか？」

「なにか、とは？」

「涼楓さんは遺贈された金額にもあまり興味がなくて、美術品にしても車にしても、どのくらいの金額で売却されたか無関心だった。そんな人が、いきなり土地建物の売却予想を聞きたがる。なにかあったのかなと感じるでしょう」

「そうかもしれませんね……」

無関心だったわけではない。美術品にしても車にしても、あらかじめ大倉が指名した信用できる人物に託しているので心配をしていなかっただけだ。

売却されたものが遺贈用の口座に入ってくるときには、庄司がすべての手続きを終えてくれている。涼楓がなにかを気にする必要も頭を悩ませる必要もなにもない。

生前、大倉がすべての準備を整えてくれたおかげだ。

「もしや誰かになにかを聞かれましたか？　たとえば涼楓さんが結婚したと知っていて、未亡人になったから遺産が入っただろうと知っている人、とか」

「結婚したことを知っている人ではありますが、別におかしな意味では……」

返す言葉に困る。庄司の言いかたは、まるで聞いた人物が遺産に興味があって邪な気持ちを持っているのではと疑っているように聞こえる。

「男性ですか？」

「あ……」

出かかった言葉が止まってしまった。男性と聞かれて京志郎を思いだし、鼓動が飛び跳ねるのと同時に頬にあたたかみが募り、声が出なくなったのだ。

以前までならきっと、毅然と答えられただろう。

恥ずかしさと焦りを感じる。ついムキになってしまいそうな自分を感じ、意識的に感情を抑えた。

こんなことで感情的になってしまうなんて、思春期の女の子が好きな男の子を言い当てられてムキになるのと同じだ。

京志郎と両想いになって、感情の大半が彼に反応する。

恋愛感情というものを覚えたことで、まるで新たな自分が自分の中に住みついたかのように思えた。

涼楓の反応を見て、庄司は深くため息をつく。

「どんな男性か、お伺いさせてください」

　庄司は眉を下げ、こんなことを聞いて申し訳ないという雰囲気を見せながらも、口調は厳しい。

「生前、大倉さんは、涼楓さんは自分の生活に戻ったら早いうちに結婚を決めるかもしれないとおっしゃっていました」

「おじいちゃんが？　そんなことを？」

　涼楓は最後に大倉と会話をしたときのことを思いだした。あのとき「涼楓は、大切なものを諦めて、ここへきてくれたのだろう……」と言っていた。

　もしや大倉は、涼楓に恋焦がれる人が身近にいると気づいていたのでは。

「それがどんな相手であれ、身元や人柄を確認してくれと頼まれています。なぜかわかりますよね。巨額の遺産を遺贈されたあなたは、それだけで不本意に狙われる可能性があるからです」

　考えたくはないが、巨額の遺産を持っていると知れば非人道的な行動を起こす者がいるかもしれない。

　それに関連して、昨夜の封書を思いだす。あれだって、もしかしたらそんな人物の仕業かもしれないのだ。

　庄司は金銭関係の手続きすべてを担っている立場として、おかしなことがないよう心配してくれているのだろう。

「……弁護士さんにも、同じようなことを言われました。四十九日がすぎて自分の生活に戻ったら気をつけるようにって。少しでもおかしいなと感じることがあったら連絡してくださいって」

昨夜の封書のことを弁護士に相談するのもいいかもしれない。ただの愉快犯ではなかったら、悪意のある行為だとしたら、おかしなことになる前に。

「弁護士……、ああ、彼ですか」

吐き捨てるような庄司の口調には、不快さが感じられた。

「口数が少ないというか、なにを考えているのかわからない人でしたね。人の顔をジッと見ているかと思えば薄笑いで立ち去っていくような」

「そうでしたか?」

それほど頻繁に会話をした覚えもない。しかし説明も丁寧だし、説得力もあった。顔は若く見えるが、もしかしたら京志郎と同じくらいの年齢ではないかと思えるほど深い表情をする人だ。

「もともと大倉さんは、ご自分の顧問弁護士である彼の父親に依頼をしていたそうですよ。それを息子がしゃしゃり出てきた。信頼している弁護士の息子だしそこそこ優秀だからということで認めたようですが、僕はどうも納得いかないというか……、胡散臭いものを感じてしまって」

「そうですか。印象というものは人それぞれですしね」

当たり障りのない言葉を返しておく。庄司が弁護士にいい印象を持っていないのは大倉の屋敷にいたころから気づいていた。

ときどきふたりが屋敷でかち合ったときなど、意識的に庄司が弁護士を避けていた雰囲気もあった。

胡散臭い人だとは思わないが、毛嫌いしているようなので話を広げないようにしよう。そんな気遣いを悟ったのか、庄司は苦笑いをして居住まいを正した。

「いやいや、個人的な感情に走ってしまって申し訳ない。あっ、お茶でも飲んでひと息ついてください。……やっぱり、美味しくないですか?」

湯呑みのお茶が減っていないので気になったのだろう。こうなってしまうと口をつけないわけにはいかない。

まだ熱かったら、申し訳ないがハンカチでもあてて湯呑みを持とう。そう決めて、おそるおそる手を伸ばした。

話しているうちにほどよく冷めたようで、湯呑みを持つことができた。ホッとしつつ片手を底にあてて口をつける。……美味しくないわけではないものの、ちょっと濃いな、とは感じた。

「冷めてしまいましたね。煎れ直しますよ」

「ありがとうございます。これを飲んでからで結構ですから。そんなに気を使わないでください」

　ここで煎れ直してもらったら、再び熱湯が出てくる可能性がある。涼楓は飲みかけの湯呑みを膝で支え、本題に戻した。

「土地建物の件を尋ねてきたのは、前職の社長です。在職中、とてもよくしてくれた方ですし、辞めるときも、とても配慮をしてくださいました。おかしな方ではありません」

「前職？　……確か、トイチュウでしたか？」

「はいそうです。入社したときから、そばで仕事をさせていただいていた方です。仕事に誠実で真面目で、紳士なお人柄で広く慕われている男性です」

　おかしな疑いを持たれるのがいやで言っているのではなく、自然と京志郎を褒める言葉が出る。

　心のまま従えば、もっともっと、たくさんの褒め言葉が湯水のように湧き出るのだが、この場では我慢である。

「トイチュウの社長は、とても評判のよい方ですよね。……ですが……」

　肯定はするものの、庄司は言葉を濁す。片手で口を押さえ、顔を下げて考えこむ様子を見せた。

　深刻な顔をしているのが気になる。なにかあるのだろうか。

わずかな沈黙が、どことなく気まずい。涼楓は間を持たせようと湯呑みに口をつけた。少しずつすすり、庄司の表情が動いたところで残りを流しこむ。

湯呑みをテーブルに戻したところで、上手い具合に相手が口を開いた。

「会社が大きいからといって、なにもかもがスムーズなわけではないし、大きければ大きいほど新規事業には資金が必要です。……資産家の親族というものは、心強い後ろ盾になるものなんですよ」

「どういうことですか?」

聞くまでもなく言いたいことの見当はついている。

それでも、そんな目で京志郎を見る人間がいるのだと考えたくなくて、尋ねる形をとってしまった。

「社長とは、ご結婚のお約束をしましたか?」

「それは、まだ……」

京志郎と気持ちは伝え合ったが、結婚となると話が大きすぎる。まだ、なんて濁すと結婚の可能性もあると言っているように聞こえてしまうだろうか。

京志郎にその気があるのかどうかもわからないのに。

「もしご結婚されれば……、それはとてもおめでたいことではありますが、トイチュウの社長は大資産家の妻を持つことになる。非常に、心強いでしょうね」

「庄司さん……」

「土地建物の価値を尋ねたのも、涼楓さんが手にする総資産額の見当をつけるためだったのかもしれませんし」

「あの……やめてください。そんな言いかた、まるで社長が……」

聞いていられない。丁寧な口調で遠まわしにはしているものの、これは涼楓が受け継いだ財産目的で京志郎が近づいてきたと言っているのだ。

涼楓は言葉の勢いで腰を浮かせる。

が、その瞬間、立っていられないほどの重圧を全身に感じ、ソファに身体が落ちた。

(……なに……？　身体が……)

身体が重い。

動かない。

ソファに落ちた身体がどんどん重たくなって、腰からめり込んでいく気がする。

身体だけではない。頭の中に重厚な幕が下りていくように思考が遮られていく。まぶたも重い。視界に白い靄がかかってきた。

(どうして……わたし、なにが……)

思考が動かない。

身体が動かないどころか考えることもできなくなってきた。

「……涼楓さん？　眠ったかな？」

白い靄から声が聞こえてくる。眠ったと聞こえたが、自分が眠っているのか起きているのかも意識できない。

音は耳に入ってくるが、丸い入れ物の中で反響するような聞こえかただった。

スマホの着信音が聞こえてくる。

「はい。ああ、誠くん。どうしました？」

――ま……こと……。

その名前に、脳が反応した。

聴覚が必死に音を聞こうとする。

「涼楓さんですか？　いいえ、ここには来ていませんよ」

白々しい。

嫌悪感を伴う声だ。

これは、誰の声だっただろう……。

――ここに……いる、まこと……、ここに、おねえちゃん……ここに……。

「そうだ誠くん、実君にも確認してほしいんですが。涼楓さんと親しい男性を知りませんか？　ちょっと怪しい噂を聞いてしまって。涼楓さんが以前勤めていた会社の上司が、彼女に付きまとっているという話なんです。本当なら、ちょっと危険だなと思うんですよ」

白い靄が黒い霧にすり替わっていく。

音も聞こえなくなってくる。

まるで自分が無機物になっていくような感覚の中で、涼楓は意識を手放していった。

――ここに、いるよ……。わたし……ここに……。きょうしろうさん――。

＊＊＊＊＊

「社長、ご機嫌ですね」

社長室で執務中、声をかけられ顔を上げると、デスクの前で京志郎の顔を覗きこむように身体をかたむけたやよいがいた。

「そう見えるかい？」

「はい、とっっっても」

強調の仕方がすごい。

機嫌がいいのは間違いではないのだが、ちょっと反抗してみた。

「今、手元に試作品はないが?」

試作品を長くさわっているときは機嫌がいい。そんな知識を涼楓から伝授したと聞いている。しかし今はデスクワーク中だった。

もしや涼楓は、退屈なデスクワーク中でも京志郎の機嫌がわかってしまうスキルを身につけていたのだろうか。それも伝授済みなのかもしれない。

(さすがは俺の涼楓。やはりふたりは昔から通じ合っていたんだな)

自分のいいように解釈をした京志郎だったが、やよいはチッチッチッと人差し指を横に振った。

「試作品がなくたってわかります。社長、今日は朝から唇の端が上がってますもの。夜遊びのお話が多くて避けがちな銀行の融資担当者との昼食会から戻っても変わらない。これは相当ご機嫌なのだとわかります」

「なるほど」

「そしてここからは推理で恐縮ですが……」

「推理とは興味深い。なにかな?」

「先週末、とても楽しく素晴らしい週末をお過ごしになられたのだと推測します。最高潮にご機嫌がよいのも、そのおかげではないかと」

「素晴らしい。そのとおりだ」

思わず拍手をすると、やよいは「おそれいります」と頭を下げた。

この気分のよさは涼楓のおかげなのだ。

間違いない。彼女を想うと仕事にハリが出る。苦手な相手だろうと話だろうと、まったく気分が落ちない。

自分にとっての涼楓の重要性を深め、京志郎はご満悦である。

「ところで社長、私、ひとつお願いがございます」

京志郎の様子を探り見つつ、やよいが控えめに切り出す。

もしや先週末の話を出して上機嫌にさせたのはお願い事をするためだったのではと勘繰ったが、この際それはどうでもいい。

上手くのせられたのだとしても気にならないくらい気分がいいからだ。

「そろそろ、明石さんに連絡を取ってもいいでしょうか？」

「明石君に？」

「彼女の仕事の妨げになるから、連絡は禁じられているのは重々承知しております。ですが、彼女は入社当時からの大切な同期、同僚であり、今では一生の親友でもあるんです。社長のご様子から、彼女は帰国しているのだと感じています。せめて、あの明るく優しい、かわいらしい声が聞きたいと、いてもたってもいられないのです。それどころか、社長は連絡をとっているのに、なぜ私が生涯の友に連絡をとってはいけないのかと、社長を恨みそうになってしまいます」

やよいは重ねた両手で胸を押さえ、切々と訴えた。

大切な友への想いが京志郎の胸に喰いこんでくる。ゆっくりと立ち上がりやよいを見たまま近づいていくと、その両肩に力強く手を置いた。

「素晴らしい友情だ。ぜひ、連絡をとってやってくれ。明石君も泣いて喜ぶだろう。感動で声も出ないかもしれない」

「社長、チョロィ……い、いえっ、ありがとうございます！」

やよいは泣きそうな笑顔で礼を言う。……とっさに本音っぽいなにかが聞こえたような気もするが、気にするほどでもない。

「早速今夜にでも電話をしてみます。どうしよう、なんだかドキドキしますね」

嬉しそうにはしゃぐやよいを微笑ましく見ながら、肩から手を離す。ふと思いつき、涼楓に電話をしたら言ってあげてほしい言葉を伝えた。

「わかりました。私もそれがとても言いたいです」

彼女の返事に満足し、京志郎はうなずきながらデスクへ戻る。

（そうだな。牧村さんから言われれば、涼楓も安心するだろう）

涼楓は、やよいが怒っていると思っている。なにも伝えることなく退職してしまったからだと言っていたが、そんなことはない。

むしろ、急な海外への出向で頑張っている涼楓を案じ、いつも応援していた。

やよいが涼楓を待っていると知れば、彼女は安心して帰ってこられるだろう。

(いい友だちを持ったな、涼楓。いや、涼楓が素晴らしい女性だから、周囲にいい人間が集まるのだ。そうに違いない)

愛する女性を想って悦に入る。おまけに仕事が終われば彼女に会えるのだ。

「はい、牧村です。はい、社長はいらっしゃいますよ。面会?」

やよいが社内連絡用の携帯電話で話をするのが聞こえてくる。どうやら誰かが訪ねてきたようだが、この時間のアポはない。

緊急でもないかぎりアポなしは通さないことになっている。涼楓はそのあたり徹底していた。

第二秘書の中ではやよいが一番涼楓に似た対応をする。

心配する必要もなく自分の仕事に戻ろうとするが、やよいが「ええっ!?」と驚いた声をあげ、そのままの顔で京志郎を見た。

「社、社長、社長にお会いしたいという方が……」

「アポなしなのでは?」

「そうなんですけど、あのっ……」

妙に焦っている。ただ事ではない。

いったい何者が訪ねてきたというのか。

やよいは落ち着くためか深く息を吐き、口調を改める。

「明石涼楓さんの弟さんたちが、社長に会いたいそうです」

重厚なプレジデントチェアが倒れる勢いで、京志郎が立ち上がった。

＊＊＊＊＊

——身体が重い。

最初に意識できたのは、従順すぎるほど重力に引っ張られる身体の重みだった。

体調が悪いときにベッドから起き上がろうとしても身体が動かない。それに似ている。

体調不良だった覚えはない。それなのにどうしてこんなに身体が重いのだろう。おまけに手足が動かない。動かそうとしているのに……。

少しまぶたが持ち上がる。

はっきりとしない灰色の視界。モノクロ映画の夜のシーンに似ている。

一度まぶたを落として、もう一度持ち上げる。少し鮮明になった気がした。

自分の身になにが起こっているのか理解できない。しかしそれではいけない気がして、涼楓は強くまぶたを閉じ意識をして声を出そうとする。

「ゥヴ……ゴォホ……ォ……」

空気だけが抜けていくようなおかしな音しか出ない。口になにかが巻かれている。

——突如襲う、危機感。

大きくまぶたを開いた瞬間、ザアッと記憶のフィルムが正常に動き出した。

（わたし……そうだ、いきなり身体が動かなくなって……）

気を失っていたらしい。

やっと視界もよくなってくると、薄暗い部屋が見えてくる。ロッカーやテーブル、積み上げられたダンボール。テーブルの上にはポットが見える。

更衣室、または休憩室。そんな雰囲気だ。目線が低いことから、床に横たわっているのだとわかってきた。

身体をひねり手足を動かそうとするが、やはり動かない。なにかで手首足首を拘束されている。おまけに口には布のようなものが喰いこんでいる。声が出なかったのは猿轡のせいだったようだ。

（どうしてこんなことになってるの……）

庄司の事務所で話をしていた。京志郎を疑う言葉を聞いて反論しようとしたとき……いきなり身体が重くなったのだ。

なみなみに入れられたお茶が脳裏を流れていく。

あのお茶になにか入っていたのではないか。身体の異変は飲んだあとに起こった。

庄司はやけにお茶を勧めていた。あれは、気を使っていたわけではないようだ。

しかし、庄司がなぜこんなことを……。

ドアが開く音がして反射的に顔がかたむく。身体を動かせないせいか視界が届かず、様子を知ることはできなかった。

しかし相手には涼楓が身動きしているのがわかったのだろう。室内の明かりが点き、近づいてくる気配がする。

「やっと薬が切れましたか。気分はどうです？」

目の前で革靴が立ち止まる。しゃがみこんで涼楓を覗きこんだのは庄司だった。

「苦しいですか？　すみませんね。事務の女の子がいるうちに目が覚めて声を出されたら困るので」

「でも、もう帰ってしまっていないんだから、取ってあげていいですよね」

聞き覚えのありすぎる声が耳に入り、涼楓は目を大きくする。

複数の足音が聞こえ、その場を退いた庄司に代わってしゃがみこんだのは——誠と実だったのだ。

「大丈夫？　すずちゃん」

「今取ってやるからな。かわいそうに……こんな床に転がされて。せめてソファに寝かせておくとかなかったんですか」

誠が気遣い、実が泣きそうな声を出す。すぐに扱いのひどさを庄司に訴えたが、それよりもこっちが先だとばかりに涼楓の身体をゆっくりと起こしてくれた。

猿轡が外されると息苦しさがなくなり、肺胞が求めるままに口で大きく呼吸をする。口腔内に残る布の感覚を不快に感じるものの、まさかここで唾を吐くわけにもいかない。

「すずちゃん……おじいちゃんには、ちゃんと親族が残っていたんだ」

誠が口にした衝撃的な言葉に驚き、口腔内の不快も気にならなくなる。一瞬聞き間違いかと思ったほどだ。

「僕たちは今日、その話を聞きにここへ来たんだ。今朝、庄司さんから連絡をもらって、ひとまず僕たちにその親族って人と会ってほしいって。会って納得したら、今度はすずちゃんと三人でって。おじいちゃんのことで、すずちゃんは一番の大役を担った。親族がいたなんて聞いたら動揺するだろうし受け入れられないかもしれない。だから、先に僕たちに説明をして、すずちゃんを支えてあげてほしいって」

真剣に説明をする誠の顔を、涼楓は不思議に思いながら眺めた。

驚きの内容ではあるが、理屈はわかる。確かに、いきなり「親族が見つかった」なんて聞いたら信じられないだろう。

大倉に親族が残っていない話は本人から聞いている。十七年という年月の中で、親族の気配など感じたこともないし、なにより大倉が自分たちに嘘をつくはずがないと当然のように思っている。

誠と実に先に事情を話して納得させ、そのうえで三人そろって親族と対面する。涼楓が動揺しても、弟たちがサポートできると考えれば順序は正解だ。

……だが、なにかおかしい。

「おじいちゃんが幼いとき、わけあって遠縁に養子に出された弟さんと妹さんなんだって。さっきまで、僕たち、そっちの事務所のほうで会っていたんだ」

誠の話は淡々と続く。片方が説明をするかたわらで、実は涼楓を拘束していた腕と脚の養生テープを静かに剝がしてくれている。

——ふたりの様子が変だ。

誠はなにかを言い聞かせようとするとき、感情豊かに話をする。——こんな淡々とした感情のない話しかたはしない。

実だって、涼楓を前にしているときに誠だけが話すのをよしとはしない。——「誠ずるいぞ」と言って、絶対に一緒に話をする。

「財産を、本来相続するはずだった弟さんと妹さんに戻してあげたい。……って、言われたんだ。庄司さんに。──そうでしたよね、庄司さん」

誠の意見かと思えば、前触れもなく話は庄司にふられる。

誠が納得して話をしているのだと思っていたのだろう。そばで聞いていた庄司は戸惑ったようだった。

「そ、そうだね……。それが本来のやりかただ。いくら援助をしてきた養い子たちに遺産を残してあげたかったとはいえ、正式な親族の存在をかくしていたとなれば、ただではすまない。問題になる前になんとかできればと思う」

テープを剝がし終えた実が立ち上がる。

「その弟さんと妹さんを探し出したのは庄司さんで、このことが弁護士さんに知れたらまた面倒なことになるから、内々で話をつけたい。そう言ってましたよね」

実の声も淡々としている。それなのに、剝がしたテープをぐしゃっと丸めて床に叩きつけるという乱暴な様子を見せた。

(ふたりとも……怒ってる?)

ふたりの様子が変だと感じたのは、感情を押し殺しているように感じたからだ。

いないと思っていた親族が見つかった。遺産を戻してあげたいという話を、ふたりが本当に納得して涼楓に話してくれているのなら、もっと切々と真剣に話してくれるはずだ。

涼楓も弟たちも、大倉の大きな慈愛の心に触れて成長した。人の恩というものを深く感じているから、琴線に触れるような出来事があれば真摯にそれを考える。

それなのに、ふたりから感じるのは共感より怒りだ。

涼楓がこんな扱いを受けたから怒っている、というより、もっと違うなにかがあるような気がした。

「弁護士に教えたら、いまさら親族がいたとか面倒だと考えて、無理やり親族ではないってこじつけてくる可能性がある。あの男ならやりかねない。そんなの、大倉さんの弟さんと妹さんがお気の毒だろう?」

庄司が目を向けたほうへ涼楓も顔を向ける。開けたままのドアから、こちらを窺うように覗きこむふたりの男女が見えた。

大倉の弟や妹だというのなら五十代後半だろうか。細身の女性と体格のいい男性。比べては申し訳ないが、特に印象に残らない平凡な雰囲気だ。身なりは整っているので印象は悪くはない。

大倉が存在感のある人だっただけに、少々かけ離れたものを感じてしまう。育つ環境が違ったからだと考えるべきだろうか。

「涼楓さんには、誠君と実君に説明をして納得してもらってから話すつもりだったんだ。そうしたら今朝、土地建物の件で話があると言われて焦ってしまいまして。夕方にはふたりと話し合いがあるし、それなら弟さんたちとの話がつくまで、涼楓さんにはここで待機していてもらおうと思ったんですよ。いや、ちょっと乱暴だったかもしれませんが、こうでもしないと話を聞いてもらえないかなと……。そうでしょう？　本当は親族がいたなんて話、信じがたいでしょう？　涼楓さん」

庄司に笑いかけられ、皮膚の下をなにかが這うような不快感を覚えた。これが「ちょっと」というレベルだろうか。

意識がなくなるような薬物を使い、手足の自由を奪って声も出ないようにして人の目につかない場所に放置する。

まるで人質ではないか……。

（人質？）

靄がスゥッと晴れていく気がした。

ところどころで感じた違和感と疑問が、砂鉄が磁極に集まってくるように一箇所にまとまっていく。

「でも、誠くんが説明をしてくれたとおりなんですよ。事実、弟と妹がいた。これは放っておけるものじゃないですよね。ただ、だからといって遺産すべての配分を仕切り直すというのは厄介だ。売却待ち以外のものは、すべて涼楓さんに遺贈されている。ですから、どうでしょう？　これから売却に入る土地建物の権利を渡すというのは」

涼楓は黙って庄司を見る。納得いかないから返事をしないのだと感じたのだろう。眉を下げて困った顔をした。

「涼楓さんの話から考えても、土地建物の権利は手放したほうがいいと思いますよ。あなたに価値を聞いてきた男性、前職の社長、どう考えてもおかしいじゃないですか。どうしてわざわざそんなことを聞くんです。涼楓さんと結婚をして、それらをすべて自分のものにしようと考えているから、不動産の価値が知りたいんだとしか考えられない。それなら、その前に正当な親族に権利を渡してしまえばいい」

京志郎に尋ねられたとき、なぜそんなことを聞くのだろうとは思った。

庄司が言ったように、大企業だろうと新しいことを始めようとするときには大きな資金がいる。

資産家の親族が身近にいるのは利点だ。親族の財産を利用するという意味ではなく、銀行側への信頼度が上がるからだ。

さらに、京志郎が不動産を自分のものにしようとしているから価値を聞いたのだという、推測。

庄司は、完全に京志郎を悪者にしようとしている。

誠や実がいつもどおりの調子で説明をし、こんな場所に閉じこめられていなければ、涼楓も少しはこの話を信じたかもしれない。

けれど――馬鹿にしないでほしい……。

「……近衛社長は、そんな不誠実な人物ではありませんよ」

やっと出た声は、落ち着いているがとても冷たく、気丈なものだった。

「近衛社長は、人の気持ちに寄り添えるお方です。自分がよければいいなんて浅ましさは微塵もない。誠実で高潔。そんなことは、四年間そばで仕事をしたわたしが誰よりも知っている。よく知りもしないで人を陥れようとする、あなたのほうが不誠実です」

「なにを言って……！」

反抗されてうろたえる庄司をよそに、涼楓はドアの向こうでこちらを窺う男女に目を向ける。

「あなた方は、本当に大倉氏のごきょうだいなんですか？　大倉氏は、わたしたちになんでも話してくれる人でした。だからわたしたちも大倉氏にはなんでも話した。わたしたちのあいだには堅い信頼関係があった。その大倉氏が『親族は残っていない』と言っていたんです。わたしには、信じることはできない」

「兄の思い出を返してください！」

女性が一歩前に出て叫んだ。

「財産をよこせなんていいません！　でも、離れ離れになる前、兄と過ごした屋敷や別宅、そこには兄との思い出があるんです！　私たちは死に目にも会えなかったんですよ！　庄司さんから教えられて、どれだけ驚いたか！」

訴えかける女性を見据え、涼楓は眉根を寄せる。

同情に値する話だ。——これが真実ならば。

「大倉氏が残した土地建物、不動産のすべては、彼が起業してから得たものです。彼は幼いころから資産家だったわけではありません。幼いころに過ごした家はすでになく、もちろん屋敷と呼べるものではないし別宅などというものも存在しない。あなたは、存在しないもので大倉氏と過ごしたと言い張るんですか？」

女性が表情を固め唇を内側に巻きこむ。横に立つ男性があからさまに舌打ちをして、女性の背中を叩いた。

涼楓は心配そうに見る誠と実に微笑みかけてから、再び庄司に顔を向ける。

「庄司さん、わたしは、人質にされたんですね」

立っていた実も涼楓に寄り添う。両手で弟たちの片手を握り、涼楓は言葉を続けた。

「わたしが土地建物のことで聞きたいと言ってきたから、弟たちを呼びつけたんじゃないんですか。親族がいたなんて聞いたら、この子たちだって赴かないわけにはいかない。親族がいたこと、不動産のすべてを譲り渡すこと、それを無理やりにでも弟たちに納得させて、わたしを説得させる。〝人質〟の解放を条件にされたら、弟たちが従わないはずがない。薬物でわたしの自由を奪い閉じこめたのは、〝人質〟にするためだったんでしょう？」

それだから、ふたりは怒っていたのだ。

涼楓を助けるために一連の流れは口にしても、それはうわべだけの言葉だった。

騙されちゃいけない。納得しちゃいけない。言葉にしなくたって、ふたりを見ていればそう訴えかけているのだとわかる。

「すずちゃん……」

「わかってくれてたんだ……」

誠がホッとした声を出し、実が泣きそうな顔をする。涼楓はふたりの手をさらに強く握り、交互に微笑みかけた。

「当たり前でしょ。大好きな弟たちのこと、わかんなくてどうするの」

こんなときではあるが、ふたりが安心してくれたのが嬉しくて、涼楓まで泣きそうになる。だが、そんな気持ちも「あーあーあーあー」と自棄になったうなり声にかき消された。

「駄目だな庄司、もう仲間呼ぼう。こいつら言ってもわかんないからさ、ちょっと痛い目に遭ってもらってから〝説得〟したほうがいい」

女性と一緒にいた男性がため息をつきながら入ってくる。体格がいいせいか、大柄な態度をとると乱暴な雰囲気になる。

危険を察したのだろう。誠と実が庇うように涼楓の前をふさいだ。

「大丈夫だよ、すずちゃん」

「そろそろ……のはずだから」

「……え?」

近寄るなと言わんばかりにふたりは男を睨みつけている。弟の頼もしさに感動する涼楓をよそに、男は庄司に不満をぶつけた。

「だいたい、おまえが不動産の売却代行委託をそのままにしてるからこんな面倒なことになったんだろう。なんで解約しとかないんだよ。そしたらこっちでバンバン売りまくったのに」

「仕方がないだろう。大倉が生前すでに代行契約を結んでいたんだ。解約しようとしても、あの胡散臭い弁護士がウロウロしていて手がつけられなかった」

「あーあーあーあーあー、めんどくせえめんどくせえ。さっさと終わらせよう」

男は涼楓たちに目を向けるとチッと大きく舌を鳴らした。

「いっちょまえに正義漢ぶりやがって。人からもらった金だろうがよ。本当ならてめえらになんか渡らなかったものだ。施設育ちが。じいさんの気まぐれで拾ってもらえただけでもラッキーだと思っておけ。分不相応なものは捨てないと、ろくな人生おくれないぞ」

「分不相応ではない」

突如響いたその声は、不穏なもので淀んでいた空気を一掃するかのよう、室内に満ちた。よく通る低音。まさかこの場で聞こえるはずのない声だが、涼楓が聞き違えるはずもない。

(京志郎さん!?)

出入り口に顔を向けると、女性が驚いた顔で身体を固めている。その横を涼しい顔で横切り、――京志郎が入ってきた。

「人からもらった? 本当なら渡らなかった? 気まぐれで拾ってもらえた? 分不相応? なにを言っているのか、俺にはサッパリわからない。君の発言は、なにひとつ当たってはいない」

京志郎はそのまま涼楓に近づいてくる。彼の姿を見て笑顔になった誠と実が、涼楓から離れ立ち上がった。

代わりに京志郎が涼楓のかたわらに膝をつき、両腕で肩を抱き寄せた。

「大倉氏のすべては、明石姉弟に与えられるべき正当な理由がある。気まぐれでもなんでもない。これは、大倉氏の贖罪、そして家族愛だ」

大好きな眼差しで見つめられ、見惚れそうになるのを必死にこらえる。弟たちが見ているので恥ずかしいというのもあるのだが、彼がここに現れた理由や、彼の言葉の意味が気になって仕方がない。

「なんだおまえ! しゃしゃり出てきてんじゃねえよ、クソが!」

「はいはいはいはい、暴言暴言。そろそろやめたほうがいいんじゃないかなぁ」

血相を変えて一歩足を踏み出した男だったが、その動きは続けて現れた男性に簡単に止められてしまった。

「それじゃなくても今までの会話でマズイ発言がたくさんあったのに。『痛い目』ってどんな目かな？　『バンバン売りまくった』って、なにを？」

にこやかに入ってきたのは、弁護士の田島だ。毛嫌いされていると知ってか知らずか、笑顔のまま庄司を見る。

「で？　誰が胡散臭いって？」

「あっ、いや……」

現れるとは夢にも思わない相手だ。

それが目の前にいるのだから慌てないわけがない。うろたえる庄司を歯牙にもかけず、田島は笑顔のまま近づいていく。

「胡散臭いのはどっちなんだろうね。大倉氏から依頼されていたのは本来君のお父上のほうだ。それを君が大きな実績作りのために担当させてほしいと頼みこんだ。大倉氏は寛大な方だったよ。遺産相続に関することだからダブルライセンスを持っているのは都合がいい。一流の税理士として、そして一流の司法書士として、君がステップアップする手助けになるのならと、今回の件を任せたんだ」

どこかで聞いた話で、涼楓は「ん？」と考えこむ。――これは確か、胡散臭い弁護士の話、として庄司が使ったものではなかったか。

（自分のことなんだ……）

呆れる涼楓の肩を京志郎が強く抱く。両腕で抱き寄せられているので、肩を抱くというよりは抱擁されているようで……嬉しいけれど弟たちが見て見ないフリをしているのがわかるだけに、照れる。

「けれどね、あの人はそんな優しい面だけじゃなかったよ。信用面にはとても厳しい方だった。大倉氏に依頼されて、私は徹底的に君の周辺を調べた。当然だよね、大切な明石姉弟に関する手続きを任せるんだ。少しでも邪な気持ちを持っていたら安心できない。この意味、わかる？」

「な、なんだっていうんだ。僕は間違いなく仕事を遂行して……」

「そうだね。キッチリと素晴らしい仕事をした。表面上は。……遺贈にかこつけて、かなり中抜きしたみたいだね。元の事務所から都心の一等地に移転したどころか、オフィスは新品でピッカピカ。ああ、新車買ったんだって？　浮かれてはじめっから派手にやるとバレやすいって知らないの？」

「人を悪者にするのもいい加減にしろ！　大倉氏の依頼は、契約料も莫大だった。おまえだってわかってるだろう！　このくらいのことは簡単に……」

「地面師」

田島のひと言で庄司の勢いが止まる。それどころか大柄の男まで顔色を変えた。

「バレないと思った？　悪いことに足突っこんでるくせに大倉氏の前では勤勉な人間ですと言わんばかりに澄ましちゃって。面白かったなぁ、真面目なフリをしているときの君を見ていると、おかしくてニヤニヤしたっけ」

「このっ……」

「うるせぇ！」

煽りに負けてこぶしを振り上げたのは、庄司ではなく大柄な男のほうだった。――殴られる、と思ったが、田島はそのこぶしを片手で掴んで止めたのだ。

「私、頭脳派なので、暴力はご遠慮します。それよりほら、お迎えですよ」

笑顔のまま顎で示した先から、数人の警察官が入ってくる。あっという間に大柄な男も庄司も両脇をとられた。

「田島！」

最後の強がりで怒鳴り声をあげた庄司だったが、田島はひるまない。

「警察を呼んでいないわけがないでしょう。地面師の一部を取り押さえられると思ったら、喜んですっ飛んでくるよ。まあ、法廷で、また会うことになるのかな。――ダブルライセンスなんて素晴らしい能力を持っていたのに、それを犯罪に使ってしまった。……馬鹿だよ、あんた」

警察官に連行される庄司に手を振り、田島がやっと涼楓を見る。

「念のため救急車も到着しています。涼楓さんは病院へ行ったほうがいい。睡眠薬の類いだとは思いますが薬物を使われたようなので」

「は、はい、すみません。……あの……」

涼楓はチラッと視線で京志郎を見上げる。

田島が見ているというのに京志郎の腕が離れる気配がない。それどころか視線が合ったとばかりに微笑み、抱擁し続けているのだ。

そんなお互いのちぐはぐな様子に気づいたのか、田島は軽くアハハと笑う。

「気にしなくていいですよ、涼楓さん。私、目の前でいちゃつかれるのは慣れてます。日常茶飯事なので」

「はあ……でも」

「個人の顧問弁護士としてついている親友が、もう、ものすっごい愛妻家でね。私がいても空気同然でいちゃつくんですよ。ちょっとやそっとのラブシーンを見せつけられても平気です」

「それはそれは……」

気を使って言ってくれているのだとは思うが、京志郎が放してくれる気配がないのでその心遣いに甘えることにする。

「病院で少し調書を取られることになると思いますが、私も同席します。ご安心ください」

「はい、あ」

「ありがとうございます、先生。よろしくお願いいたします」

涼楓の代わりに張り切って答えたのは京志郎だった。続けて誠と実も「よろしくお願いします」と頭を下げる。

男性四人が安堵する様子を見て、なんとなく疎外感が湧きあがる。弟たちと田島はもちろん顔見知りだが、京志郎は三人と面識はないはずだ。

それなのに、とても打ち解けた雰囲気がある。

「あの……、わたし、助けていただいたんだなっていうのはわかるのですが、わからないことが多くて……。京志郎さんは、この三人と面識はありませんよね？」

「今日初めて会った」

京志郎が当然だと言わんばかりにあっさり答えるので、涼楓は難しい顔をして小首をかしげる。田島が笑って京志郎の背中をポンッと叩いた。

「説明に時間がかかりそうです。移動しながら話しましょう」

「そうですね」

言うが早いか、京志郎が涼楓を抱き上げる。いきなりのお姫様抱っこに、嬉しいやら照れくさいやら。

　そして、病院へ向かうまでの救急車の中で、涼楓が知らないところで起こっていた出来事を聞いたのだ――。

　庄司は〝地面師〟と呼ばれる不動産詐欺を働いていたらしい。

　地面師は数人が組んで詐欺を働く。動産不動産の所有者だと偽り、勝手に売却して金銭を騙し取る。偽造書類も本格的なものをそろえ、売買における専門家を装う巧妙さから大手企業が見抜けなかった例もあるくらいだ。

　庄司は大倉が持つ不動産に目をつけ、仲間に話を持ちかけたのだろう。売却委託をする企業が決められてしまっているのが厄介だったが、そんなものは取り消しにしてそのまま遺贈物件扱いとして書類を書き換えてしまえばいい。

　そう軽く考えていたが、ことごとく田島に邪魔をされる。大倉が亡くなり、ターゲットにするのが難しくなってしまった。

　諦めるにはあまりにも惜しい物件ばかり。それなら土地建物を相続するべき人間を作ってしまえばいい……。

　そこで大倉の弟と妹、という設定ができた。

「涼楓さんに渡った遺産や保険金も、税金や手数料の整理という名目でかなり中抜きをしています。その他に不動産詐欺、涼楓さんに対する傷害罪、監禁罪、他にもいろいろあるけど……。地面師か……叩けば面白いくらいいろいろ出てくるんだろうな……。楽しみだ、非常に楽しみだ。二度と太陽の下を歩けないくらい徹底的にやってやろう」

救急車の中で説明をしてくれた田島は、……とても楽しそうだった。

——彼は少々、サディスティックな面があるのかもしれない……。

横になるほどでもないからということで、涼楓は京志郎に寄りかかり座って話を聞いていた。

涼楓の元に届いた白い封書は、誠と実のもとにも届いていたらしい。

ただし内容は〝あなたの姉の秘密を知っている〟というものだったらしく、自分の生活に戻ったら気をつけるようにとの忠告を強く心に留めていたふたりは、すぐに田島に連絡をとった。

すると今日、「大倉氏の親族が見つかったから会ってほしい」と庄司から連絡があり、当然涼楓にも連絡が行っているだろうと思って電話をしたが連絡がとれない。

もしやすでに庄司のところで親族に会っているのでは。そう思い電話を入れてみるものの、涼楓は来ていないという返事、そして、前職の社長が涼楓に付きまとっていると吹聴された。

「僕たち、すずちゃんのデートの相手が社長なら、結婚退職したことになっている部下を誘うなんて、もしかしたら……遺産目当てで近づいたんじゃ……なんて疑ってしまって」

誠が申し訳なさそうに言い、ふたりそろって京志郎に頭を下げる。その横で、涼楓は不思議に思ったことをそのまま口に出した。

「どうして……デートの相手が京志郎さんだと思ったの？」

「え？　どうしてわからないと思うの？　鈍くない？」

「わかるに決まってるだろっ。なに言ってんの、鈍いなぁっ」

鈍い攻撃を受けてしまい、ちょっとだけムッとする。田島にはクスクスと笑われてしまい、恥ずかしさが上乗せされる。

そんな涼楓の気持ちを察したのか、京志郎が頭を撫でてくれて……機嫌が直った。

「誠君と実君は、俺の気持ちを確認するために会社にまで来てくれたんだ」

「ええっ⁉」

いきなり会社に押しかけるなんて、なんて大胆なことを。

だいたい、それなら面会のアポイントメントをとってはいないだろう。突然の訪問を、涼楓が秘書だったときは絶対に許さなかった。

今回は通したということか。京志郎の仕事に支障は出なかったのか。秘書はなにをやっていたのだ。

「もちろんアポ無しではあったけれど、涼楓の大切な弟さんたちを俺が帰すわけがないだろう」

スン……と、燃え上がりかけた秘書魂の勢いが落ちる。

「涼楓にとって宝物の家族だ。俺にとっても宝物だから」

ふわ……っと、気分が上がる。

「俺の食事の誘いを断る理由になるくらいの存在だからな。会いたいに決まっている」

——最初に誘いを断られたこと、根に持ってるのかもしれない……。

「会ってもらえたから、聞いたんだ。どういうつもりで姉を誘ったんですかって」

「えっ⁉」

誠の言葉に驚き……。

「遺産目当てですかって」

「はあっ⁉」

誠の言葉でさらに驚く。

(なに失礼すぎることを聞いてるのかなぁぁぁ‼)

これは数年ぶりに、お姉ちゃんのお説教を炸裂させてもいい案件ではないだろうか。涼楓は握りこぶしを作った片手を震わせる。が、そのタイミングを図ったかのように京志郎が涼楓の頭を抱き寄せた。

「もちろん、離れても忘れられないくらい愛してるから、それを伝えたくて誘ったって答えた。遺産だとかなんだとか興味はない。俺がほしいのは涼楓だけだ、って」

カアッと頬が熱くなる。すごいことを言われてしまった。

愛しさがいっぱいあふれて京志郎に抱きつきたいが、いかんせん人の目がありすぎて照れくさい。

気にせず涼楓を抱き寄せたり堂々と愛を口にできる京志郎が、すごすぎる……。

「僕、感動したんだよね。この人ならすずちゃんを任せて大丈夫だって思えた」

そのときのことを思いだしたのか、誠が感慨に浸る。

「オレも。思わず『お義兄さんっ！』って呼んじゃったよね」

実が続く。

しかし……なにを言ってくれているのだろう。

「こんな素直で賢い義弟ができるかと思うと、感動だ。俺は兄弟がいないから、よけいに嬉しい」

京志郎まで感慨にふけってしまった。それも「お義兄さん」とか「義弟」とか、涼楓を無視して勝手に話が進みすぎではないのか。

助けを求めるように田島を見ると、三人の反応が面白かったらしく片手で口を押さえて笑いを嚙み殺している。それでも涼楓の視線で悟ったのか、軽く咳払いをして声を整え、話を戻してくれた。

「三人はすっかり仲良くなってしまったようで、逆に庄司がなぜそんなに近衛社長を疑っていたのか疑問に思ったようです。私は庄司の犯罪に気づいて証拠集めをしているところでしたから、親族がいたから会ってほしいとおかしなことを言ってきたのなら、会ってきてくださいとお願いをしたんですよ。ただし、盗聴器を服に忍ばせてもらいました」

「盗聴器、ですか?」

「調査結果と照らし合わせるために、一部録音もしました。親族がいたから土地建物の権利はすべて譲るように説得しろ。するなら、隣の部屋で眠っているお姉さんを無事な姿で帰してやる。……そんな脅し文句が聞こえたときは笑い出したい気分だった。誠君と実君は、従うフリをして涼楓さんを助けたんです」

京志郎や田島が踏みこんできたとき、まるで今までの話を聞いていたかのようだった。そのとおり、すべて聞いていたのだ。

田島はあらかじめ警察を呼び、地面師である証拠と結びつける発言を引き出し涼楓を助けたら踏みこむ。そう決めてふたりに伝えていたのだ。

「タイミングを見計らって警官が踏みこむ……のはずだったんですけどね。急に社長が飛び出していってしまった。それで、続けて私が割りこんで行ったんです」

「すみません、先生。涼楓が貶されているのを聞いて我慢ができなかったんです」

「わかりますよ。愛する人が馬鹿にされるのは許せないものです」

それは涼楓もわかる。実際、京志郎に疑いを向けられたとき、どうしようもなく感情が揺れ動いた。

予定の順序ではなかったが、結果的には上手くいった。田島にとっても問題はないようで、京志郎の言葉にうんうんと首を縦に振り納得している。

事の流れは理解できた。それでも、やはりわからないことがあった……。

「いろいろ納得できたんですけど、京志郎さんが飛びこんできてくれたときに言っていたことが……まだちょっと引っかかるというか……」

「ん？」

「京志郎さん、まるでおじいちゃんに会ったことがあるような言いかただったから……」

暴言を吐かれた涼楓を庇った京志郎は、言ったのだ。

――大倉氏のすべては、明石姉弟に与えられるべき正当な理由がある。気まぐれでもなんでもない。これは、大倉氏の贖罪、そして家族愛だ。

まるで、涼楓が知らないなにかを知っているような言葉だった。

「会ったことは……ある」

京志郎が涼楓を見つめながら頭を撫でる。

「涼楓が俺の元から去った翌日、大倉茂敏氏に会った。そこで、すべて知ったんだ」

「知ったって……もしかして、結婚のことも……」

「おかげで、涼楓が役目を終えて戻ってくるのをおとなしく待てた。それじゃなければ無理やりにでも奪い取る覚悟で大倉氏に会いに行ったんだ」

　本当に結婚したのではないと京志郎は知っていたのだ。知っていて、役目を終えた涼楓に手を差し伸べた。

　大倉が「大切なものを取り戻しなさい」と言ったのは、仕事のことではなく京志郎との関係のことだったのかもしれない。

「大倉氏は涼楓に対する俺の気持ちを喜んでくれた。そのうえで、ひとつ、役目をくれた」

　京志郎の話は続く。彼は涼楓の肩を抱き寄せ、誠と実にもシッカリ聞くよう、視線をあわせた。

「大倉氏の、贖罪について、君たちに伝える役目だ」

　——そして涼楓たちは、大倉に養われた真実を、知ったのである……。


　病院で診察を受けた涼楓は、特に異常は認められなかったものの大事をとってひと晩入院することになった。

　言われたとおり警察の聴取は病院内で受けた。誠と実も一緒だったが短い時間で済み、終わるとふたりは急いで帰っていった。

マンションに、ではなく、研究室に直行だそう。

これに関しては田島がずいぶんと感心をした模様。

「薬学部だよね。本当に研究熱心だ、感心だな。私の大親友に製薬会社の跡取りがいるんですよ。将来有望な研究者候補がいるって言っておこうかな」

何気なく出た言葉かもしれないが、そこはできれば何気なくではなく、ぜひともよろしくお願いしたい部分である。

「では涼楓さん、そのうち今回の件で証言をお願いすることになるかと思いますが、そのときはよろしくお願いします。それ以外でも、なにかあったらいつでもご連絡ください。あっ、代わりの税理士と司法書士は私のほうで手配します。ご安心ください」

至れり尽くせり。今回のことではずいぶんと救われた。大倉がいい弁護士をつけてくれたおかげだ。

——あとで知った話だが、田島は大手総合法律事務所の所長の長男で、法廷では有名な、やり手の弁護士らしい。

田島が帰ると病室には涼楓と京志郎だけが残された。

聴取を受けたり警察の出入りがあったりであわただしかったせいか、ふたりきりになると急に静けさが際立つ。

時刻は二十時をすぎている。事件がらみの事情があるので人の出入りが黙認されているが、京志郎もそろそろ病院を出なくてはならないだろう。

そう思うと離れたくなくなる。勝手だなと思いつつ、ベッドの中で上半身を起こしていた涼楓は、かたわらの椅子に座って彼女の手を握る京志郎の手を握り返した。

「京志郎さん、……今日は、いろいろとありがとうございました。おじいちゃんのことも……教えてもらえて、よかったです」

「涼楓も誠君も実君も、冷静に受け止めてくれてよかった」

「……はい」

救急車の中で聞かされた話を思いだす。

それは、涼楓たちの両親が亡くなった事故に大倉が関係していたという話だった。

原因となった爆発事故は、いわゆる愉快犯の仕業で、犯人は大倉の元側近だったそうだ。

勝手な自己判断から人的被害を出し解雇されたのだが、その失敗から人としての気持ちが崩れてしまったのだという。

商業施設での爆発事故は数十人を巻きこんだ。ほとんどは怪我で済んだが、爆発物のそばにいた涼楓たちの両親だけが命を落としたのだ。

大倉に直接的な責任はない。だが、いきなり両親を失い孤独になってしまった子どもたちを、大倉は放っておけなかったという。

側近を解雇しなければ。彼が出した被害をサポートして次に繋げてやることができていたら。こんな事故は起こらなかった。子どもたちだって両親を失わずにすんだ。

大倉は子どもたちに手を差し伸べる。

せめて、頼るべき親がいないという心細さを感じないよう。自分には親がいなくて孤独なのだという不安を持たぬよう。安心して、笑顔で成長できるように、見守ろう。

罪滅ぼしの気持ちから差し伸べた手。

ただの「援助してくれているおじさん」でいいと思っていたのに、手を取った子どもたちは大倉を家族のように慕ってくれた。

天涯孤独だった大倉は、養い子の涼楓、誠、実、三人の〝家族〟に自分のすべてを与える決心をしたのだという。

「そんな話を聞いたって、おじいちゃんはわたしたちの〝大好きなおじいちゃん〟なんです。なにも変わらない。今の幸せは、おじいちゃんがいなければ得られなかったものばかり。これが罪滅ぼしだというのなら、こんなの、優しいだけの贖罪なんて知らない……」

誠と実も同じ気持ちだ。

なにがあろうと、なにを知ろうと、大倉は三人にとって大切な家族に変わりない。

涼楓がシッカリとした意思を持って口にするので、京志郎も安心したのだろう。口元に笑みが浮かんだ。

「一度しか会えなかったが、病の床にありながらも強い意思を感じた。語る口調に弱々しさはなく、涼楓たちの話をする目には愛情があふれていて。『涼楓を頼む』と言われたときには涙腺がゆるんだ。……もっと、元気なうちに知り合えていたらと……、それが残念でならない」

京志郎の言葉が嬉しい。涼楓も同じ気持ちだ。

もっと早く、大倉に京志郎と会ってほしかった。

三人でお茶を飲みながら笑いあえたら、どんなによかっただろう。

「ありがとうございます。おじいちゃんのこと、そう言ってもらえて、とても嬉しい」

握り合った手を見つめ、ふたりのあいだに沈黙が落ちる。湿っぽくなってはいけないと、気を取り直して涼楓が口火を切った。

「それと、今日はいろいろと、すみませんでした」

「ん？　謝ることはない。詐欺は未然に防げたんだし。よかったじゃないか」

「それじゃなくて……。お食事の約束していたじゃないですか。予約を入れておくって言っていたから、キャンセルさせてしまったのではと……」

「ああ、それは大丈夫。入れようかと思っていたころに双子が突撃してきたから。予約どころじゃなかった。でも明日は予約しておく。スイートルーム込みで」

「ス、スイート……って」

意味ありげな言いかたは、どうしても食事以外がメインなのだと思わせる。あたふたする涼楓に、京志郎は腰を浮かせて顔を近づけた。

「駄目?」

小首をかしげて、聞きかたが……かわいい。胸の奥がきゅんっとするのと同時に、首を左右に振っていた。

「楽しみです……」

「俺も。早く涼楓を抱きたい」

「正直すぎます」

「本当のことだ。いや?」

尋ねるトーンがまたもやかわいい。

完璧な凜々しさと意外なかわいらしさの共存が堪らない。小さく首を左右に振ると、唇が重なってきた。

しっとりと擦りあわされる唇の動きに心が癒される。愛しさがむくむくと湧いてきて胸の奥がもどかしい。

キスをしたまま京志郎がベッドに腰掛け涼楓の身体に腕を回す。応えるように彼の背中を抱き、自分から唇を押しつけた。

「涼楓にそんなことされたら、明日まで我慢できなくなる」

「わたしも……我慢できない」

同じ気持ちを確認して重なる唇は、確認前より激しくお互いを求め合う。絡まる吐息に扇情されて上がる体温。このままここで抱かれてしまってもいいと考えてしまうくらいに身体が京志郎を求めた。

が、そのときベッドサイドテーブルに置いてあった涼楓のスマホが、ヴーヴーと微妙な音をたてながら振動しはじめたのだ。

着信らしい。誰だろうと気にはなるが、全身が京志郎に夢中でスマホに手が伸びない。そんな涼楓に反して、唇を離し、手を伸ばしたのは京志郎だった。

「やっとかかってきたか。やめたのかと思った。ほら、涼楓」

それも受話キーをタップし涼楓に差し出す。あまりにも気軽に渡されたので、弟たちからかと思いこみ耳にあてた。

『……涼楓？　聞こえてる？』

しかし聞こえてきたのは、弟たちの声ではない。

『あたしだよ。声、忘れちゃってないよね？　四ヶ月……五ヶ月くらい？　聞かなかったくらいで忘れないよね？』

おそるおそる、それでも嬉しそうに話してくれる声。忘れるものか。何十年聞かなくたって絶対に忘れない。

「忘れるわけないじゃないの。大事な友だちの声だよ」

『涼楓ー！　久しぶりー！　やっと話せた！』

「久しぶりだね、やよい」

感動で声が裏返る。同時に嗚咽が漏れそうになって、涼楓は慌てて唇を引き結んだ。

『ずっと電話したかったんだよ。会えないなら話だけでもしたいし。でもできなくて』

「そうだよね。わたしも話がしたかった……」

何度やよいに連絡をしようと思っただろう。事情を話したい。せめて、なにも言わずに退職してしまったことを謝りたいと。

きっと彼女は怒っているだろうと思えば思うほど連絡なんかできなかった。なにを言っても言い訳になってしまいそうな気がして。

しかし今なら謝れそうだ。涼楓はホッとして話を切り出す。

「やよい……いきなりいなくなって、ごめんね。仕事、大変だったよね」

『大変だよー。当たり前じゃない。完璧社長秘書がやっていた仕事をこなすのに、毎日第二秘書が固まってヒイヒイ言ってたんだから。さすがに最近は回せるようになったけど。社長の扱いにもだいぶ慣れたし』

「そう、よかった」

怒ってはいない様子が伝わってきて安心する。仕事のほうもなんとかなっていたようだ。

『でさ、いつからこっちに戻ってくるの？』

「戻る？」

『うん。帰国してるんでしょう？　社長の機嫌がすっごくよかったからすぐにわかったよ。もうアメリカのほうには行かなくていいの？　さすがに出向も終わりだよね。これ以上涼楓がいなかったら、社長、アメリカの会社まで奪い返しに行きそうだもん』

「待って、帰国って……。出向って、わたしは……」

『とにかくさ、あたしはこれが一番言いたいんだよ。早く戻っておいで涼楓。やっぱり近衛社長の秘書は涼楓だよ。みんな待ってるからね』

話が見えない。なにを言われているのかわからない。けれど、涼楓を想うやよいの声が胸に沁みてきて涙があふれた。

声が出なくなった涼楓に顔を寄せ、京志郎が代わりに声を出す。

「ありがとう、牧村さん。やはり君に言ってもらって正解だった。涼楓、感動して泣きそうだ」

『え……。社長……？　えっ、え、あっ、おっ、お邪魔でしたね！　すみませんっ！』

「大丈夫だよ。正直、君の電話を待っていた。早く俺の秘書に戻ってくれるように、涼楓を説得してほしかったんだ。ありがとう。やっぱり大親友の友情は素晴らしい。じゃあ、涼楓に代わるよ」

涼楓の背中をポンッと叩き、京志郎が顔を離す。やよいが相手だというのに完全に恋人モードで呼び捨てだ。照れくささで涙も引っこんでしまった。

やよいにどう説明したらいいだろう。自分の恋愛に関する話なんてしたことがない。

「あの、やよい……」

『そうだよねーそうだよねー、帰国したばっかりだもん、恋人とは毎日一緒にいたいよねー。一緒にいて当然じゃない。もぅっ、あたしってば気が利かないなぁ』

やよいはひとりで納得している。おまけに楽しそうだ。

『うれしいなぁ、そうかそうか、やっとくっついてくれたんだ。やっぱりさ、離れ離れになると想いは募るよね。ニブチンの涼楓も、やっと社長の気持ちに気づいて自分に素直になったわけだ』

「ちょっ……、またニブチンって言うっ」

『だってそうじゃない。誰が見たって社長が涼楓を特別視していて、大好きなんだろうなぁってバレバレなのに、気づいてないのは当の涼楓だけなんだもん』

「バレバレ……」

『社長も不器用さんだからね。ニブチンには伝わりにくい愛情表現しかできてなかったんだろうなぁ。ともあれ、そんなふたりがくっついてくれたなんて、めでたい以外の何物でもないじゃない。もう、会社をあげて祝うレベルだよ』

喜んでくれているのはわかるのだが、ありがとうと言っていいのか微妙な気分だ。会社をあげてと言われてしまうほどわかりやすかったのだろうか。

『こっちの仕事に戻ったら、あたしと飲みにいく時間も作ってよ。社長に怒られそうだから一時間でいい。涼楓の惚気とか聞きたいよ～』

とはいえ、友だちの幸せをこんなにも喜んでくれる。本当にやよいはいい親友だ。

「うん、わかった。やよいに会えるの、楽しみ」

『あたしも～。いっぱいおしゃべりしようね～。あっ、そうだ、今言っておこうかな』

「なに？」

『涼楓の気持ちを理解すべく、いないあいだ、ずっと社長を観察したんだけどさ……』

「観察……」

『確かに、あの男前がかわいい商品名を真顔で言ったり試作品の玩具で遊んでたりするのはかなりのギャップだなとは思うんだけど……。涼楓みたいに身悶えするほど、かわいい～、とはならなかった』

声が真剣だ。どうやら真面目に観察したのは本当らしい。

涼楓はクスッと笑い、見えないながらも胸を張る。

「そんなの当たり前でしょう。京志郎さんの〝かわいらしさ〟がわかるのは、わたしだけなんだからねっ」

『なんだとぉっ、ごちそうさまっ!!』

ふたり同時に笑いだす。笑いながらも、やよいが気を使った。

『涼楓と話ができて嬉しいけど、これ以上話していたら社長が拗ねちゃいそうだから、続きはまた今度』

「うん、〝かわいい京志郎さん〟の話、たくさんしてあげる」

『言ったなっ。よーし、夜通し聞いちゃるっ。社長が拗ねたって返してやらないから』

笑いあって通話を終える。——が、すぐに真顔になって京志郎に詰め寄った。

「どっ、どういうことですかっ、出向ってなんですか？　アメリカって……。帰国とか秘書に戻るとか、わけがわからないんですがっ！」

「だいたい牧村くんが言ったと思うが、涼楓はアメリカの、父の秘書として出向していたことになっている」

「わたし……退職届を……」

「俺は受理していない」

「でも、渡しましたよね……。了解してくれたものとばかり……」

「捨てた。『仕事のことは心配しなくていい』とは言ったが、退職届を受理するとは言っていない」

「それはそう……ですが……」

へにゃっと上半身が頽れる。

張り詰めていたものが、ことごとくゆるんでしまった気がする。涼楓は退職していなかった。まだ、事実上は京志郎の秘書のままだったのだ。

退職後にもらえるはずの必要書類を渡してもらえないのも当然だ。なんといっても〝退職〟はしていなかったのだから。

「もう……力が抜けちゃいましたよ……」

「黙っていて、すまなかった」

片手を取られ、京志郎の胸で握られる。顔を向けると微笑む彼と目が合った。

「涼楓を、俺の手元から離したくなかった。大倉氏から涼楓を頼むと言われてからは、絶対に取り戻すのだと固く決意をした。四ヶ月半、五ヶ月近くがとても長くて、会いたくて会いたくて堪らなくてどうにかなりそうだったけれど、お守りがあったから、なんとか堪えられたな」

「お守り？」

「これだ」

京志郎はスーツのポケットからなにかを取り出す。それは、小さなヘアカフだった。

「これ……」

「涼楓が退職届を出した日に、髪につけていたものだ」

「……あっ」

悲しい別れの日を思いだす。あの日、京志郎に髪をほどかれた。気にしていなかったが、外されたヘアカフを彼はずっと持っていたのだ。

「ずっと持ち歩いて、お守りにしていた。涼楓が身に着けていたものだから、涼楓だと思って、いつもそばに置いた。寝るときも枕元に置いていたくらいだ。会いたくてつらいときは握り締めて堪えた。ときがくれば会える。絶対に涼楓を取り戻すって。これは、そのお守りだったんだ」

「京志郎さん……」

お腹の奥がむずむずする。あたたかいものがこみ上げてきて、……ぶわっ、と、音をたてて盛大に愛おしさが噴き出した。

（んんん〜〜〜！　なんですか、そのかわいい行動はっ！　身に着けていた物をお守りに、とか、寝るときも枕元に置くとか、つらいときに握り締めるとか、むちゃくちゃかわいいです！　キュン死レベルの破壊力です！　無理無理無理無理、そんなこと言われたら幸せで昇天しそうです！！！！！）

「京志郎さん！　かわいいですっ！」

堪らず京志郎に抱きつく。

「いや、涼楓のほうがかわいい」

抱き返しながら異議を唱えられた。言い返したいところだが、涼楓はどうしても確認したいことがある。

「わたし……京志郎さんの秘書に戻ってもいいんですか？」

「戻るもなにも、俺の秘書は涼楓だけだ」

顎をさらわれ、視線が絡まる。

「そして、涼楓と本当に結婚できるのも、俺だけだ」

唇が重なる。

涼楓は「大切なものを取り戻す」という大倉との約束が、守れた気がした。


ディナーの約束を翌日に持ち越したふたりは、レストランディナーのあと、京志郎がセレクトした高級ホテルのスイートルームへ移動した。

部屋には大きなバラの花束が用意されていて、花束をかかえた京志郎が涼楓の左薬指にダイヤがちりばめられた指輪をはめたのである。

「改めて、俺と結婚してほしい。大倉氏が涼楓にくれた幸せ以上に、涼楓を愛せる自信がある。……資産は、ちょっと負けているかもしれないけど」

せっかくロマンチックな雰囲気だったというのに、最後のひと言がよけいだ。涼楓は思わず噴き出してしまった。

「もしかして、京志郎さんが土地建物の価値を知りたがったのって、だいたいの資産総額で張り合おうとしたとか……なんですか？」

「なにがおいても、俺が涼楓にとっての一番でありたい。……から、ちょっと意地になった」

自分で言って照れくさかったのかもしれない。京志郎がわずかに視線を横にずらす。そんな彼を見て、涼楓がときめかないはずがない。もちろん、飛びつくように抱きついた。

「京志郎さん、大好き！　好き好き！　京志郎さんが一生一番ですよ！　当たり前じゃないですか！」

「涼楓っ。俺も、一生涼楓が一番だ！」

力強く抱きしめられたかと思うと、そのまま抱き上げられベッドへ運ばれた。

ふたり一緒に大きなベッドに倒れこんだのはいいが、花束まで一緒にかかえていたせいで、わずかに花びらがベッドに舞う。

花束をかたわらに、ふたりは互いの唇を貪りあう。

触れても触れても足りない。もっともっと京志郎に触れたくて、触れてほしくて、涼楓は彼のスーツを脱がせにかかった。

合わせるように京志郎も涼楓の服を脱がせはじめる。しかし脱がせる手際は断然彼のほうが上だ。

ワンピースとブラジャーを取られるころには、涼楓はやっとウエストコートを脱がせることに成功したところだった。

「ズルイです。京志郎さんのほうが着ているものが多いし……ぁんっ」

ブレイシーズを引っ張りながら不満を口にすると、胸の突起を指で弾かれ急に声が甘くなる。

「そこまで脱がせてくれたら充分だ。これ以上涼楓に脱がせてもらったら、興奮してどうしようもなくなる」

摑まれたブレイシーズを肩から外し、京志郎は上を向いて待ち構える白いふくらみにしゃぶりつく。ちゅるちゅるっと引っ張るように吸い上げ、舌に引っかかる果実を舐っては甘噛みした。

「あっ、あ、ンッ、胸……きもち、ぃ……」

伝わってくる感覚のまま言葉が出そうになる。口にして悪いことではないと初めて抱かれたときにわかっている。だが、まだ少しだけ羞恥が勝っていた。

胸を愛撫しながら、京志郎はワイシャツを脱ぎ捨て涼楓のストッキングとショーツを脚から抜いていく。すぐさま指が秘裂を割った。

「ぁうんっ、そこ……」

「胸が気持ちイイって言うから、こっちもかな、って」

胸の快感に影響を受け、秘部は熱く潤い京志郎の指を潤沢な愛液の中で泳がせる。ぐにゅっと膣口が指を呑みこみ、棒状の侵入物に期待をかけた膣襞がざわめく。

「あぁんっ……！」

「指が入っただけなのに、ナカがビクビクしてる。これは、俺がほしかったんだって思っていい？」

「それは……ぁっ、やぁぁん」

ぐちゅぐちゅと音をたてながら指がスライドする。わざと膣壁を掻くように大きく回し、ところどころを軽くえぐる。

身体の一部分に与えられるわずかな刺激が、体内に大きく響いて官能を刺激する。引っ張り出されていく愉悦は、終わりを知らないかのように途切れることがない。

「あっ、あっ、ハッぁ、やぁぁ……！」

お腹の奥に溜まってくるもどかしいものが、なにかのタイミングで突き上がってきそうになる。焦燥感のなかにそれを待ち望んでいる自分がいて、どうしたらいいのかわからない。

「んんぅ……京志郎さっ……ハァ、ダメ、ダメェ……」

「涼楓、俺がほしい？」

「え？　あっ、なに聞いて……あぁぁんっ……！」

「俺は涼楓がほしいよ。ずっとずっと、君がほしかった。終業後やふたりで出張に出たとき、いろんなタイミングでアプローチをしていたはずなのにまったく気づいてもらえたことがなくて、俺は涼楓に求められていないのだろうかと考えこんだこともあった」

「そんな、こと……ないですっ。たぶん、わたしが、鈍いから……んっ、ぁあっ、ダメ、そこォ……」

情けないが間違いではないだろう。やよいに「ニブチン」と言われ続け、それでも京志郎に向けられた気持ちに気づけなかった。

好きで好きで好きすぎて、京志郎のそばにいることを認めてもらえる人間のままでいたくて、違う存在になるのが怖かったのもあるかもしれない。

けれど、今は……。

「涼楓、教えて。俺がほしい？」

――こんなにも、心から身体まで、すべてが近衛京志郎という人を求めているのがわかる。

「ほしい……です。京志郎さんが……、いっぱい……ンッ」

「嬉しいな。いいよ」

指が膣壁の一部を強くえぐる。その刺激でもどかしさが爆ぜた。

「あぁぁっ――――！」

反動で下半身が伸び、腰がヒクつく。一瞬息が止まるが、京志郎の指が抜けた刺激で大きく息が吐き出された。

「涼楓が求めてくれた。すっごくすっごく、嬉しいよ」

唇にキスをしてベッドを下りた京志郎は、「待っていて」と言いながらトラウザーズに手をかける。おそらく避妊具の用意をするのだろうと予想できるので目をそらすべきなのかもしれない。が……。

（すっごくすっごく。……すっごくすっごくって、言いました？　言いましたよね！　色気ダダ漏れの顔でその言い回し、最高です!!）

気持ちが盛り上がるあまり目をそらせない。彼の背中をジッと眺め、腰の曲線や筋肉の陰影に見惚れた。

「京志郎さんの身体、綺麗」

つい口から出てしまう。戻ってきた京志郎に抱き起こされ、仰向けに横たわった彼の腰を跨がされた。

「俺は涼楓の身体のほうが綺麗だと思う」

「そんなこと……」

「綺麗な涼楓が、俺をほしがるところ、見せて」

両膝立ちになった腰に京志郎の両手があてがわれる。この体勢でそんなことを言われれば、なにを求められているのかはわかる。いくら鈍くても、疼く胎内が教えてくれる。

そそり勃つ彼自身に軽く手を添え、腰の位置を合わせる。ゆっくりと沈みこみ、自分の入り口が大きく開く感覚があまりにも鮮明で腰が逃げてしまいそう。

「あっ、ああ……これ、入る?」

馬鹿なことを聞いている気がする。けれど、自分で挿入しようとすると意識するぶん感じかたが鋭い。

「入るよ。先週末から、何度も涼楓のナカに入っただろう? 何度も感じて、何度もイって。気持ちイイって涼楓が啼いていた」

優しく説明されているのに、とてもいやらしい意地悪をされているように感じてゾクゾクする。隘路が疼いて、早く早くと身体を急かす。

「あっ……はぁ、あんっ」

ぐにっ、ぐにっ、と鋭い雄刀が肉鞘に収まっていく。途中で止まらないようにか、京志郎の両手はシッカリと腰を掴んだままだ。

「ンッ、ぁ、ん、入った……ハァ、あっ」

お尻が彼の肌につくくらい繋がると、蜜窟がパンパンに張り詰めた感じがして動くのが怖くなる。それに反して全身には甘い微電流が絶え間なく流れ、彼をもっと感じたくて堪らない。

大好きな京志郎が、ほしくて堪らない……。

「あん、ンッ、京志郎さ、ん……」

ゆるりと揺れる腰は、だんだんと振りが大きくなっていく。怖いと感じたものはいつしかめくるめく快感にすり替わり、もっともっとと急きたてた。

「ああっ！　あっ……、やっ、あぁぁ！」

「涼楓、綺麗だ。俺をほしがってこんなにいやらしくなってくれるなんて……。むちゃくちゃ嬉しい」

腰から離れた両手が涼楓の乳房を摑みあげる。上下に揺れる身体の動きを利用しながら、柔肉に喰いこむ指がその弾力を堪能する。

「むちゃくちゃ……ぁあっ、むちゃくちゃ、ってぇぇ。あぁぁんっ！　それかわいいですっ、きょうしろうさんっ！」

快感にだけ反応すればいいものを、彼が発する言葉にまで反応してしまう。彼のかわいさを感じてしまうと快感が跳ね上がる気がして、身悶えが止まらない。

「もっ、お、好き……好き、だいすきぃ……あぁぁぁんっ！」

口に出せば出すほど愛しさが増して、気がつけば夢中になって腰を振っていた。

乳房を握っていた手が離れ、身体を引き寄せられる。

「おいで。おっぱい吸ってあげるから。好きだろう?」

「あぁんっ、その言いかたぁっ……んっ、あ、すきぃぃ」

頂から大きく乳房を咥えこみ、じゅるじゅると吸い上げながら舌を使う。涼楓のお尻を抱えこむように押さえ、剛強が激しく突き上がってきた。

「ああっ! あぁぁんっ! きょうしろうさっ……激しっ、やぁぁん……!」

乳首から生まれる刺激が蜜窟に直結しているかのよう。ちゅうちゅうと吸いつかれるたびにへその奥がもどかしく疼く。そこに突き上げられる刺激が加わって、涼楓はそのまま達してしまった。

「ああ、ああ、ダメェ……あぁぁ——!」

余韻で動けないでいると、京志郎が涼楓を抱きしめたまま身体を起こす。

繋がった状態でベッドの上に座り、彼の腰を大きく跨いだ恥ずかしい格好になった。それでも、快感の余韻か気持ちが大胆になってしまって自分から結合部分を圧しつける。

「あぁん……!」

引き攣るような電流が内腿に走る。刺激できゅうっと膣口が閉まって、太く膨張する雄茎を喰い締めた。

「あっ、ああ……きょうしろうさんのぉ……」

蜜筒が痙攣して蠢いているのがわかる。収縮しようと力が入るのに、中に詰まった熱い

塊に阻まれて膣壁が張り詰めっぱなしだ。

「いっぱい……で、ぁぁん」

身体が彼を覚えていく。熱を、質量を、涼楓を求める欲情を。

「わたしのナカ……京志郎さんに、なっちゃう……」

尻肉を両手で摑まれ、ぐりゅっと欲棒を深くねじりこまれる。お尻を突き抜けていきそうな圧迫感に、思わずうしろの蕾に力が入った。

「もうなってる。涼楓のナカは、俺の形になってる」

「あぁぁあ……京志郎さんの……気持ちイイ」

「涼楓のナカ、俺を包みこんで甘えてくる。最高にかわいいよ」

「きょうしろうさぁ……ンっ」

本能のままに腰が揺れる。突きこんでくる彼を迎えるように動くと、最奥で跳ね返る切っ先が刺激的だった。

がつがつと腰を使われ、またもや快感を引っ張り上げられる。

「ああっ！　ああっ！　やぁぁん——！」

強く京志郎に抱きついて達すると、その体勢のままシーツに寝かされた。

両脚を彼の両肩にかかえ上げられる。すぐさま激しい抜き挿しに翻弄された。

「好きだよ。涼楓。負けないくらい大好きだ」

言いかたは優しいのに、腰の動きが優しくない。

打ちつける肌の音が室内に大きく響き渡るほど激しく腰を振りたて、達したばかりだった涼楓の快感をどこまでも煽りたてる。

「ダメ、ダメェ……！　もう、もう、わたし……あぁぁっ！」

「ダメでいい。俺もそろそろイきたい。涼楓と一緒に」

「一緒……、いっしょに……あぁん、きょうしろうさんと……いっしょに……！」

「一緒だ。ずっと。これから、ずっと、ずうっと……」

熱く膨らんだ切っ先に何度も何度も最奥を穿たれ、蜜壷が限界に達する。身体を倒してきた彼に抱きつくと、噴き上がる快楽とともに絶頂を迎え入れた。

「気持ちイイっ……きょうしろうさぁん、すきぃ——!!」

「すずかっ……！」

強烈な愉悦が意識を白い細波の中に落とす。

そのまま漂って行きそうになるが、無意識のうちに京志郎にしがみついた自分を意識することで失神を免れた。

全身に心地よい熱がこもっている。

速い吐息に合わせて上下する胸が京志郎の胸と密着して、同じように速くなっている彼の呼吸を伝えてくれる。

重なる肌の感触が最高で、このままずっと離れたくないと思うほど。

「涼楓……」

息を吐くように囁き、京志郎が頬やひたいにキスをしてくれる。力が抜けて滑り落ちかける左手を取り、指輪がはまった薬指に唇をつけた。

「ずっと、一緒だ。いつまでも幸せに暮らしました、ってやつかな」

「……御伽噺みたい」

「違うよ」

左手を握り自分の胸にあてて、京志郎は涼楓を見つめる。

「御伽噺じゃない。現実の、俺たちのこれからだ」

「はい」

微笑んで、見つめあい、唇を重ねて。ふたりは幸せを全身で感じあった。

エピローグ

京志郎との結婚が決まり、仕事への復帰も決まり、近衛の両親が仕事で日本に来る日にあわせて会う日程も決まり、順調に予定は埋まっていく。

中でも一番緊張するのは、やはり近衛の両親に会うことだった。

が、それについては京志郎がとっておきの安心感をくれたのだ。

「大丈夫大丈夫。なんといっても涼楓がアメリカに出向していることにしてくれと頼むとき『息子が跡取りも儲けず一生独身でもいいなら断ってもいいですよ』と言ったら即効で協力OKしてくれたくらいだから。『息子と結婚してくれてありがとう』って感謝されるんじゃないかな」

話を聞く限り、人を育ちかたで振り分けるような人たちではないようだ。親がいないことや施設育ちを少し気にしたが、そんな必要はないと京志郎に窘められた。

結婚準備をはじめるのと同時に、涼楓はずっと考えていたことを京志郎に相談した。そしてそれを、弟たちや田島にも話したのである。

大倉は、涼楓や誠や実が幸せになれるよう、やりたいことをしっかりとやっていけるよう、財産を残してくれた。

しかし、どう考えても多すぎるのだ。

涼楓はこれからも仕事を続けるし、京志郎と結婚をして幸せな家庭を作る。ある程度の蓄えとして手元に置いたとしても、巨額が余る。

誠と実は大学院へ行って研究を続ける。学費や生活、研究のために資金を残しておくにしても、やはり巨額が残る。

両親を亡くして孤独になった涼楓たちを救い、有り余る幸せを残してくれた大倉。ならば、その最初の目的のために、今度は涼楓たちが意志を継ごう。

事故や病気で親や親族を失い、孤独になった子どもたちのために、遺産のほとんどを寄付にあてることに決めたのだ。

この決定を、きっと大倉も喜んでくれる。

大倉の墓の前で報告をして、涼楓も誠も実も、それを信じた。

「失礼いたします、社長」

張りのある声で社長室のドアを開ける。

次の瞬間、待ち構えていた京志郎に抱きしめられ涼楓は大いに慌てた。

「しゃ、しゃちょうっ、な、なにをっ……、京志郎さんっ」

「だって、嬉しいだろう。やっと最愛の秘書が戻ってきたんだ。抱擁の十分や二十分や三十分、許してくれ」

「……三十分は、ちょっと容認しかねますが……」

涼楓は心を鬼にして、ぐいっと京志郎を引き離す。

「もー、なに言ってるんですか。わたしが復帰して、もう二週間たっているんですよ。毎日毎日っ」

――涼楓が京志郎の秘書に戻って二週間。

毎日、これである……。

「涼楓がそばにいなかったのは約五ヶ月だ。その寂しかった日々は二週間で埋まるものではない」

凜々しい顔で言ってはいるが、口調が少し……拗ねている。

(ズルイなぁ……)

涼楓が京志郎のかわいい部分に弱い、というのを知ってから、ときどき意識的に的を射た言動をするようになった……ような気がする。

とはいえ、弱いのは間違いではない。

「はい、どうぞ」

涼楓が両腕を広げると、躊躇なく京志郎が抱きついてきた。

仕方がないなぁ、と諦めモードになりつつ、決していやではない。

「ところで京志郎さん、……結婚のこと、会社の誰かに言いました？　あっ、副社長以外で」

「まだ言っていないが。涼楓は？」

「やよい以外には……。でも、なんか、なんとなく、社内の社員たちの目が、こう、微笑ましいというか、なんか知っていそうな……」

「それは俺も感じていた。先日は試作品と一緒に『参考に』と言ってイタリア製家具のカタログがついてきた」

ふたりは抱き合ったまま「うーん」と考えこむ。

結婚のことは、まだ社内に公表していない。もう少し時期や挙式の内容などに目処をつけてから報告してもいいかと考えていたからだ。

だが、なぜか周囲にお祝いムードを感じる。かつてやよいに〝ニブチン〟と言わしめた涼楓でさえわかるレベルだ。

「もしかして、顔に出ているのかもしれないな」

「顔……ですか?」

「涼楓、毎日幸せそうな顔をしているし」

「え?　わたし?　京志郎さんだってしてますよっ。毎日隙あらば抱きついてくる人が、なに言ってるんですか」

　ふたりは顔を見合わせる。

　どっちもどっち。幸せダダ漏れである。

　アハハと軽く笑って、お互い、最愛の人と幸せを抱きしめた。

END

あとがき

知育玩具、と聞いて皆さんはなにを思い浮かべますか？

おそらく超有名なレゴ・ブロックじゃないかと思うのですが、私、マグ・フォーマーというブロック系の知育玩具が大好きなんです！（レゴも好きですよ）

磁石が入ったいろいろな形のパーツを組み合わせて作品を作り上げるものなんですけど、行きつけの歯医者さんにあって、一時期ムチャクチャはまりました（笑）

今回のヒーローは玩具メーカーの社長。知育玩具に特化している設定なので、真面目な顔をして開発商品でお城とか作っている姿を想像しくすくす笑ってしまいました。

担当様、今回もお世話になりました。京志郎のギャップのかわいらしさに共感していただけて嬉しかったです。炎《ほのお》かりよ先生、田島弁護士が登場する今作、ご担当いただけることが決まったとき「運命か⁉」と一人で盛り上がりました。ありがとうございます！

本書に関わってくださった皆様、書く気力をくれる大好きな家族と、大切なお友だち、そして、本書をお手に取ってくださりましたあなたに、最大級の感謝を。

ありがとうございました。また、お目にかかれることを願って――。

幸せな物語が、少しでも皆様の癒しになれますように。


ブロック系は大人でも楽しめますよ！／玉紀 直

オパール文庫をお買いあげいただき、ありがとうございます。
この作品を読んでのご意見・ご感想をお待ちしております。

◆ファンレターの宛先◆

〒102-0072　東京都千代田区飯田橋3-3-1
プランタン出版　オパール文庫編集部気付
玉紀 直先生係／炎 かりよ先生係

オパール文庫Webサイト
https://opal.l-ecrin.jp/

Opal

二度《にど》と君《きみ》を離《はな》さない
堅物社長《かたぶつしゃちょう》は敏腕秘書《びんわんひしょ》のすべてが好《す》きすぎる

著　者――玉紀 直（たまき なお）
挿　絵――炎 かりよ（ほのお かりよ）
発　行――プランタン出版
発　売――フランス書院
〒102-0072　東京都千代田区飯田橋3-3-1
電話（営業）03-5226-5744
（編集）03-5226-5742
印　刷――誠宏印刷
製　本――若林製本工場

ISBN978-4-8296-5531-3 C0193